カサンドラ症候群からの脱却

自分の人生を生きるために

はじめに

「この人の介護はできない」

そういう思いを持っている方はいませんか？

私は、結婚25年目で離婚しました。離婚のきっかけとなった思い、それが「この人の介護はできない」でした。この人は私が生涯添い遂げるべき人ではない。そう思いました。

子どもたちが二人とも大学生になろうとするころ、私は初めて自分の老後の生活について真剣に考え始めました。そしてそのとき、私は、

「夫とは一緒に老後を過ごせない。二人で手を取り合って助け合いながら共生する姿を思い描くことはできない。この人は私が生涯添い遂げるべき人ではない」

そう思いました。

そのきっかけとなったのは、自分がカサンドラ症候群であるという事実を知ったことでした。その症状は、そのときの自分にあまりにも当てはまるものでした。めまい、激しい頭痛、肩こり、指のしびれ、睡眠障害、動悸、胃の不快感、高血圧。自覚のあるものからないものまで、あらゆる身体症状も、精神的ダメージも、そっくりそのま

ま自分に当てはまりました。

「ああ、私はコレだったんだ。いままで自分でもなぜこんなに辛いのかがわからなかった。ようやくその理由がわかった」

その日から、私の日常がフルスピードで進み始めました。進めるようになりました。ようやく目の前に光が差した瞬間でした。

世の中には、いろいろな夫婦関係改善の本や勉強会、講座、ブログ、講習などがあります。そのどれもが、私にはピンと来ませんでした。どれも、私たちパートナーが一方的に相手に合わせる内容だったからです。一方的に自分を変えれば相手が変わるという内容、もしくは自分が感情を押し殺して、夫婦関係をただ争いなくやり過ごす方法だったからです。

それで本当に自分が幸せだと感じられるのか？　自分の人生を生きていると言えるのか？　生きていてよかった、自分はこの世で生きる意味があると言えるのか？　そんな疑問がわく内容でした。

いままで読んできたカサンドラ症候群に関する本は、パートナーの違和感に対して、こちらからの一方的な支援・援助・働きかけを求めるモノばかりでした。一方的に相手を理解しろというものばかり。カサンドラ側の自立を促す内容のモノに、私は出会ったことがありません。セミナーや本の中には、私の求めている答えは何一つありませんでした。

好きで結婚したはずのパートナーから受ける心ない言葉や態度、無視、無関心などのDVともとれる行為は、決して我慢していいはずがないのです。やり過ごしていいはずがない。私たちの努力だけで解決できる問題ではないのです。

このような思いから、私は今回この本を通して、カサンドラだって生きたいように生き、なりたい自分になれる、もっと幸せな人生を歩むことができるということを皆さんにぜひ知っていただきたいと思いました。

離婚（別れ）は、決して後ろ向きな決断ではありません。怖いものでも辛く悲しいものでもない。寂しいなんてもってのほか！　お互いにとって、お互いがもうこれ以上傷つけ合わないための、自分も相手も嫌いにならないための潔い最善の手段だと思っています。

しかも私は、その結婚生活の中で、何者にも代えがたい二人の娘という存在に出会うことができました。彼女たちは私にとって、世界で一番心のつながった、愛すべき、かけがえのない存在です。私にとって彼女たちは、世界一の娘であり、最良のパートナーでもあります。そして私は、彼女たちにとっていつでも帰って来られる、安心できる安全基地になれていると思っています。

正直、あのまま別れずに死ぬまで一緒にいたら、彼が死ぬときホッとしたかもしれない。自分が先に死ぬなら、一生恨んでやると思ったかもしれない。だけど私はいま、元夫に何の恨みも、憎しみも、怒りも、哀しみも一切ありません。許せないなんて気持ちもまったくない。お互い、これからは自由に生きていける場所で存分に好きなように幸せに生きていこうねとしか思わない。こんな気持ちになれたことが、離婚して一番嬉しかったことです。私はいま、人生で一番幸せです。

もう二度とあのころには戻りたくない。あんなに人を憎いとは思いたくない。あんなに人を嫌いになりたくない。あんなふうに思う自分も大嫌いだった。

彼との25年があったおかげで、いまの私がある。世界で一番嫌いだった人が、そうではなくなった。彼の未来も、自分の未来も応援できる。彼には感謝しています。嫌いになったのは、本当はものすごく好きだったから。そんな人に、愛されることがなかったから。愛することができなかったから。その裏返し。愛情が深いほど傷も深い。簡単に離れていたら、こんなに傷つくこともなかった。

こんな気持ちになれた、この私の経験を、ぜひ皆さんと共有したいと思いました。一人でも多くのカサンドラの皆さんが、自分らしい幸せな未来をつかめますよう、心より願っています。

目次

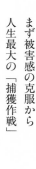

PART 1

カサンドラ症候群

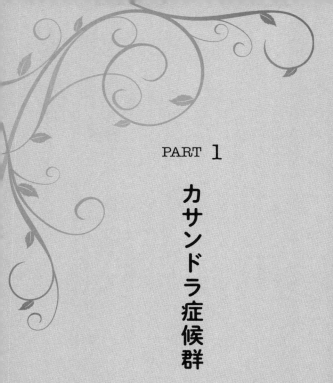

カサンドラ症候群って？

岡田尊司氏の著書によるとカサンドラ症候群とは、パートナーの共感性に問題があるために、相手がうつやストレス性の心身の障害を呈するに至ったものを呼びます。典型的なのは、自閉スペクトラム症（アスペルガー症候群）のために、共感性や情緒的な反応が乏しいパートナーと暮らしている人に起きるものです。配偶者、パートナーだけでなく、子どもや同僚など、その人と深い関わりを持たざるを得ない人にも同じようなことが起こり得ます。

岡田尊司氏の『カサンドラ症候群』で、アスペルガー症候群によくみられる特徴として、①自分に興味がある話を一方的にする、②記憶力がよく得意領域はめっぽう詳しい、③過敏でこだわりが強い、④聞き取りが弱く相手の話が頭に入らない、⑤同じことを繰り返すのを好む、⑥想定外の事態にパニックになりやすい、⑦ルールや正確さにこだわり白黒思考になりやすい、という特性があり、パートナーと衝突が起きやすい要因となるとあります。

また、心理療法家のシャピラが彼の著書『カサンドラ・コンプレックス』において、①理知的だが情緒性に欠けたタイプの人物とのうまくいっていない関係、②ヒステリーを含む心身の不調や苦しみ、③その事実をほかの人にわかってもらおうとしても信じてもらえないことの3つをカサンドラの要件として提起しています。

共感性や応答性に欠けた夫と暮らす苦痛を、わかってもらおうとしても、なかなかその苦しみがわからない。そうした夫は、外見的には理知的で、真面目で、勤勉によく働く、理想的な夫に見える場合も多いからです。夫に気持ちをわかってもらえずに苦しさを抱えるだけでなく、その苦しさを周囲の人にもわかってもらえないという二重の無理解に苦しむことになりやすいのです。

カサンドラ症候群を引き起こす代表例は、夫（妻の場合も）がアスペルガー症候群を含む自閉スペクトラム症やその傾向を持った人物という場合です。念のため断っておくと、アスペルガー症候群やその傾向を持つと、パートナーとの関係が必ずうまくいかないというわけではありません。とても良好な関係を築いている場合もあります。

ただ、全体で見ると、夫婦関係に困難を来しやすいということです。ですので、本書では自閉スペクトラム症やその傾向を持ち、自身がその「自覚を避けて」本来一番愛すべきパートナーの心を踏みにじる行為を働く人物のことを「アスペルガー・タイプ」と呼ぶことにします。「自覚を避ける」ということは、自分が相手を傷つけていることを知ろうという努力もしないということです。そういう相手と生活する人が、カサンドラ症候群に陥るのです。

私がカサンドラ症候群だと気づいたきっかけ

自分がカサンドラ症候群なのかもしれないと気づいたきっかけは、ある日ネットのトップニュースの項目に「大人の発達障害」という見出しを見つけ、なんとなく読んでみたことです。その特徴が、まさに自分の夫そのものだったのです。しかも、そういう相手の配偶者に心身の不調があらわれ、ひどい場合はうつなどの精神疾患を患うこともあると書かれていました。そこに書かれていた「カサンドラ症候群」の症状。まさにいまの自分の状態と同じでした。

そのころの私は、日ごとに襲ってくる頭痛や手指のしびれ、倦怠感、抑うつ状態、睡眠障害、高血圧などに苦しんでいました。しかし、この原因が何なのかはわかりませんでした。更年期だからとか、歳のせいだからとか、そんな理由を自分で見つけて、納得させていました。

しかしカサンドラ症候群の身体的症状といまの自分の状況が重なったとき、ショックだったのと同時に、やっといままで抱えてきた違和感の正体が判明した喜びも感じました。私はカサンドラ症候群だったんだ。私が悪いわけではなかったんだ。これは、私と夫の関係性の障害だったんだと気がつきました。だから、対症療法でそのときだけ回避しても、原因がなくならない限りこの状態は改善しないのです。

私がカサンドラ症候群だと気がついたころ、たくさんのブログや本を読みました。

その中には、私たちが相手を理解し、支えていくことが大切だと書かれた本が多々ありました。ですが、いままでどれほど私が夫のフォローをし、支えてきたことか。まだこの先もずっとそんなことを続けるのか。相手がアスペルガーかもしれない私たちは、一方的に相手の理解を求められるのか。協力という概念はないのか。そんな疑問を抱きました。

私がそんなときに読んだ本で、参考になったものをいくつかご紹介します。一方的に私たちの支援を強制する内容ではありません。きっと、なにか生きるためのヒントになり得ると思います。

①　カサンドラ症候群（岡田尊司）
②　夫婦という他人（下重暁子）
③　愛着障害（岡田尊司）
④　タフラブという快刀（信田さよ子）
⑤　旦那さんはアスペルガー（野波ツナ）

カサンドラになりやすい人の特徴

カサンドラになりやすい人には特徴があります。

①生真面目
②責任感が強い
③優しい
④思いやりが強い
⑤間違ったことを許せない
⑥我慢強い
⑦献身的
⑧平和主義
⑨自己肯定感が低い
⑩頼まれると断れない
⑪子どものころ、本来の自分を出すことができなかった
⑫依存心が強い

こういう特徴は、誰もが持っているものです。ただ、カサンドラになりやすい人たちは、その中でも自分の幸福感を他人が幸せであることで満たせる人が多く、そのために自分を犠牲にしてしまうのです。

また、我慢強いタイプも多く、理不尽な言動にもぎりぎりまで耐えてしまう人が多い。少しの違和感を覚えても、私さえ我慢すればと考えてしまいがちです。耐えるこ

とを常に選択してしまい、結果として夫の理解しがたい言動を受け入れてしまいがちなので、相手もそれが当たり前になってしまい、悪化するという悪循環に陥ります。

　また従順な面もあり、自分の意見を強く主張せず、相手に合わせることができる人。だからこそ、合わせ過ぎて本当の自分を見失うのです。その上、平和主義なので、争うことを嫌い、平穏に過ごすことを優先し、波風立てないように尽くします。このことも、相手が自分の行為が間違っていると自覚できない要因にもなるのだと思います。

　また、自分に対して自信が持てない方も多く、そのためにパートナーからすればいいようにコントロールしやすい存在だと思われがちです。そういう態度が、相手からすれば容易に優位性を保てると誤解されるのかもしれません。こういう人は、とかく「私がもっとしっかりしていれば」とか「私がもっと我慢すれば」、「私がもっと○○してあげよう」、という思考に陥りやすいのだと思います。

　それからこれは、カサンドラに陥る人の中の一部に見られるようですが、自身が支配的な環境で育った場合、親の悪い部分を配偶者に投影し、そしてやり直そうとする。支配されることが当たり前だと刷り込まれているため、相手に合わせて振り回されることで「愛されている」、「受け入れられている」と思い込み、安心するのだそうです。そして、相手からひどい扱いを受けても、この人はいつか変わるはずという不確実な思いに支配され、相手に依存してしまうのです。

　このように、アスペルガー・タイプの人と、カサンドラに陥りやすい特徴を持つ人たちが結婚することで、状況が悪化していくのです。

アスペルガー・タイプが悪なのではない

私自身がカサンドラ症候群だと自覚してから、いろんな本を読み、同じ境遇の方のお話も聞き、講習会などにも参加しました。カウンセラーの資格も取り、アロマセラピーや数秘についても学びました。

その中で思ったことは、アスペルガー・タイプの人が悪なのではない。私が正解なのでもない。ただ私が「自覚を避けるアスペルガー・タイプ」の方とは感覚が大きく違うだけ。お互いの常識が大きく違うだけ。価値観が大きく違うだけ。

しかもほぼ交わるところがない。そこが致命的。健全な夫婦であれば、多少違っても重なる部分が多いため、どちらかが歩み寄りながら新しい家族のルールをつくっていける。だけど私たちは違った。私がいくら歩み寄っても、パートナーはまったく動じない。我が道を行く。

いまになって客観的に見ると、単にそういうことなのです。どちらかが悪いわけではない。そういう夫婦だったというだけなのです。それを納得の上、共生するのかしないのか。支えていくのかいかないのか。それを決めるのは私たち自身です。

モラハラを行う人の育った環境

　モラハラ行為を行う人の成育環境、私はここに一つのカギがあると思っています。もちろん遺伝によるものもあるのでしょう。でも、私は後天的に培われた「性質」というものが、その後の人格形成に大きく影響していると思います。

　親に間違った愛し方をされた。親の価値観を押し付けられ、決して自分の意志で選択することを許されず、強制や暴力・暴言などの恐怖で抑えつけられた。また、一方の親からは過保護で過干渉に育てられ、まったく自身の自由がなかった。こんながんじがらめの子ども時代を過ごした人たち。そんな人が大人になり、やがて自分が受けた歪んだ愛情をパートナーや子どもに与えるようになる。ある意味仕方がないこと。それしか愛情を知らないのだから。愛するということがそんなものじゃないということを、知らないで育ってしまったのだから。

　そんな中で、不幸にも結婚という道を選択し、パートナーに暴言や罵声を浴びせる。無関心や無視を続ける。恐怖で支配する。それを愛情と勘違いしたまま。子どもも、自分がされてきたようにしか愛することができず、強制や押し付けや恐怖で思うように動かそうとする。暴力という手段に出る人など、歪んだ愛情しか知らない人たちがいます。

　だけどそれは、自分が強くなれば乗り越えられる問題でもある。強い意志を持ち、こんな自分を変えたいと思えば、パートナーにひどい仕打ちをしなくても健全な関係を築けるのに。結局は自分に負けて、そばにいる人を傷つける。そのほうが簡単で痛みがないから。自分を守れるから。モラハラを働く人は、自分に負けた人。自分に負けて、そばにいる人を傷つけていることにすら気づけない残念な哀れな人。そうやって、周りから人がいなくなることすら寂しいとも思えない、感覚のズレた人たちです。

私の弱さ

私は25年という長きにわたり、結婚生活を続けてきました。なぜ、もっと早くに離れなかったのか。その理由は、何か一つあるわけではありません。

ただ、私は初婚で、自分が生まれ育った平和な家庭の様子を思い描く中、私たち夫婦がつくり上げている現実の家庭が、自分の理想とする家庭とはかけ離れていることへの葛藤があり、少しでも思い描く理想の家族・家庭へ近づけようともがいていたのだと思います。

自分が好きで選んだ男性が、まさか私や子どもに暴言を吐いたり、無関心な行動をとるということが信じられず、まさか本心ではないだろうという気持ち、相手への期待を手放せない気持ちがあって、なかなか離れるという選択ができなかった。それを確認するための時間が必要だった。

また、私自身が、本当に幸せな結婚のカタチをしっかりと持てていなかった。それを手探りで探すうち、このままでもいいのかもしれないという気持ちが少なからずあったことも事実。そんな、自分自身の気持ちがハッキリと認識できないままに、日々の忙しさに流されてしまいました。

子どもの反抗期や受験、学校での出来事、そんな日常の雑事に目を奪われ、本当に見つけるべき幸せのカタチ、結婚のカタチを無意識に考えないようにしていたのだと、いまになり思います。そんな自分の弱さを、夫は無意識にうまく利用し、私を洗脳していたようにも思います。

しかしこれも、夫のせいでも何でもなく、自分自身の弱さのせいです。そんな生活に違和感を持たず、ただ流されてしまっていた自分自身の弱さのせい。ただあのときは、自分の幸せを考える余裕もなかった。周りの出来事があまりにも煩雑すぎて、自分のことを考えるほどのゆとりがなかった。

また、私自身「見捨てられ不安」があり、この人に見捨てられたら生きていけないという気持ちもなかったとは言えません。だから、無理な要求にも応え、急な呼び出しや電話にも対応し、ひどいことを言われても文句も言わなかった。私は、そんな夫に依存していたのだと思います。何とかこの人にしがみついていよう、離れないでいようともがいていた。一人では生きられないという呪縛のせいで。

そんな私と、私を支配しようとする夫。まさに共依存の関係だったのだと思います。

脅迫？

夫はよく、こんな言い方をしました。

「そんなことするなら、子どもの面倒は見ない」

例えば、買い物に行ってくるから、少しの時間子どもを見ていて欲しいとか、美容院へ行きたいから、子どもを見ていて欲しいとか。

そんなとき、夫はよく何かと引き換えじゃないとやらないというような言い方をしました。自分が損するからと。自分の子どもの面倒をみることが、そんな取り引きの材料になるような要件でしょうか？　当たり前のことではないのでしょうか？　なのになぜ彼は自分だけやらされている感を出してくるのか。二人の間の子どもではないのでしょうか？　私が誰かの子どもを預かっているのではありません。私たちの子どもです。こういうことも、彼との感覚の微妙なズレでした。

でも私は、彼に子守りを頼むために、彼のご機嫌を取るしかなかった。ほかに頼める人がいなかったからです。一番身近な存在だったからです。こんなこと、正常な夫婦の間では本来あり得ないことなのです。

AI

パソコンを見ていると、端のほうにいままで買ったことのある商品の類似品とか、新製品とか、そういうモノを購入履歴からお勧めしてくるという機能があります。たぶんAIが私たちの購入履歴を分析し、次回買いそうな商品を表示するのでしょう。

夫は、同じ家に住んでいながら、私の好みや欲しがっているものなどに、何の興味も示さなかったので、こんな芸当はできません。「何かを察して」とか「この人はこれをあげれば喜ぶだろう」なんていう機転の利く芸当は到底無理です。だとすれば、彼はAI以下ということになります。

現に、私の誕生日なり結婚記念日にも、普段の私の言葉を聞いていて、たぶんこういうモノを欲しがっているだろうなんてこと、察するはずもなく、何も買ってこないか、去年と同じモノを買うとか、とてつもなく的外れなモノを買ってくるかの三択でした。だからといって、こちらが指示して買ってもらったものに何の嬉しさもないし、好きなモノを自分で買えばいいと言われても、どうせ家計から出すんだったらもう何もいらないやと思ってしまいます。

彼をロボットに例えるとするなら、彼は最近のAIが備わった優秀なロボットではなくて、まだロボットが開発され始めたころの初期ロボットでしょう。前方に石があっても転び、言われたことのみできるけれど、それも完璧ではないみたいな……。

じゃあ私は、最新のＡＩが搭載されたロボットと暮らしたほうがマシだった。言ったことは完璧にこなし、余計なことも言わない、傷つけるような言葉も発しない。下手に人間のカタチをしているから、人の心を持っていると勘違いした私は、何十年も彼の中に人間の心を探してきてしまったのだから。

自己肯定感

私がカサンドラの皆さんの話を聞いていて思うことは、以前の私も同様ですが、自己肯定感が低い人が多いということです。カサンドラの皆さんの中には、自分がＡＣ（アダルトチルドレン）だという方が多くいらっしゃいます。アダルトチルドレンについて、ここでは詳しくは書きませんが、自分の両親から深い愛情を感じられずに育った人が多いようです。

私は、自分自身はアダルトチルドレンだとは思いませんが、小さいころから学校での自分が本当の自分ではないと感じることは多々ありました。日本の学校は、平等で均一な教育を求めるあまり、みんなに同じような「良い子」でいることを求めます。授業をよく聞き、発表も積極的にし、素直で良い子。友達も多く、明るく元気な子。こんな子、単に先生受けの良い子でしかないと私は思います。

裏で何を思っているかなんてわからないのに。

でもいまの学校は、こういう子を求める傾向にある。私はそうではなかったので、学校では疎外感を抱いていました。本当の自分を認めてもらえる場所ではなかった。だから極力無理をして明るくしていたし、勉強もいやいや頑張っていました。学校は私の居場所ではなかった。ただ、友達と過ごす時間は楽しかったし、学校自体は嫌いではなかった。だから何とか通い続けていました。

そんな私でしたから、自己肯定感など育つわけがなく、自分なんてどうせ何もできない弱い人間だと思っていました。そこへ現れた夫。明るく希望にあふれ、無邪気で自由奔放。私とは真逆でした。そんな彼に惹かれたのは事実。彼と一緒なら、こんな自分が変われるかもしれないと思いました。

でも、しょせん人が自分を変えてくれることなど求めてはいけない。自分を変えられるのは自分だけ。自分のこの自己肯定感の低さは自分のせい。誰のせいでもない。夫にそんな役目を押しつけようとした私は浅はかでした。そのツケが回って、結婚生活の中ではさらに自己肯定感をずたずたにされる出来事ばかりが起きました。夫はまったく私を認めようとはしなかったし、それどころか毎日けなし、心ない言葉で傷つけ、何をやっても何を頑張っても私をまったく見ていないし、褒めるなんて皆無。やってもらって当たり前、心地よく生活できていることがすべて私のおかげだなんてことも、彼はまったく気づくような人ではなかった。そういう態度を私に非難されると、そんなつもりはないといつもの言い訳。そんなつもりがなくても、相手が傷ついていれば、それを改めるのが人間です。傷ついていることすら気がつかない。気がつけないような人でした。こんな中で、自己肯定感を高めろと言われても無理な話。

いま思えば、彼もまたアダルトチルドレンだったのだろうと思います。両親との関係が良好ではなかった。父親には強制され、否定され、頭ごなしに怒鳴られ、母親はその裏返しで過保護の過干渉。愛着に問題が起こらないほうがおかしい。そんな異常な愛着を、私に求めたのかもしれません。ですが、ただ優しさを求めるだけでなく、そこに相手を傷つける言動が伴うと、とても受け止めることはできません。私は彼の「安全基地」にはなれなかった。私は彼を育ててはいない。他人です。そんな他人の育て直しなどできるはずがない。

その代わりに、私は子どもたちの安全基地になれるよう、必死で努力してきました。片方の親だけでも、彼女たちにとって安心できる人でありたい。彼女たちを邪魔する存在であってはならない。彼女たちの負担になってはならない。彼女たちの人生にとって、道しるべとなれるような、安心して頼れるような、そんな親でありたいと思ってきました。彼女たちには決して夫のような人間にはなってほしくない。なってはいけない。無意識に人を傷つけるような大人になってはいけない。そういう思いだけで、私は子育てをしてきました。無意識に人を傷つけているなんて、なんて哀れな、かわいそうな人間でしょうか。

私は少数派家族

カサンドラが周りに理解されない最大の理由。それは「夫婦ならどこにでもあるすれ違い」に悩んでいるから。ただその頻度と深さが深刻。

パートナーが話を聞いていない。話が平行線で嚙み合わない。いつもドアを閉め忘れている。何度言っても風呂のフタが閉められない。テレビや電気がつけっぱなし。ゴミ出しを頼んでも、玄関に置き忘れ、買い物を頼んでもまともにお目当てのモノが買えない。こんな日常、どこの夫婦にでもある普通の出来事。

でも違うのは、その頻度が「ほぼ毎回」ということ。一度や二度なら「また忘れてる～」、「聞いてなかったの？」で済む。だけど、何年も毎回忘れたりできなかったらどう思いますか？　さすがにちょっと異常だと思いませんか？

そして一番の致命傷は、会話が成り立たないということです。こちらの言っている主旨を夫側が理解できないのです。だから、話し合いが成立しない。カサンドラは話し合うことすらできない。挙句の果てに、こちらの言っている意味がわからないのは、こちらの説明が悪いからだと、さもこちらに非があるような言い分。

「お前の言っていることは意味がわからない。聞くだけ無駄だ」と。

カサンドラにされがちなアドバイス「話し合ってみたら？」。そんなこと、とっくにやってみました。当たり前です。話し合えるぐらいなら、こんなことにはなっていないのです。

私たちカサンドラが、誰かに相談してもわかってもらえない原因はここにあります。どこにでもあるすれ違いの原因が、通常の人の理解の範囲を超えた場所にある。明らかに私たち夫婦は、少数派だったのです。

日常がまるでコントの世界

何度注意しても翌日には忘れ、また一から教え直し。モノのある場所もちっとも覚えられないから、引き出しにはシールで貼り紙。言い合いになったことも翌日にはなかったことに。まるで昨日の出来事が夢だったかのように華麗にスルー。自分のことには全力投球、家族のことはそっちのけ。それなのになぜか、まったくの他人には妙に親切。気が利く。買い物を頼んでも、お店でそれを見つけることは不可能、子守りも満足にできない、留守番だって中途半端。そのくせ、口だけは一人前の大人並みに横柄。まるで裸の王さま。身体は大人、心は子どもの「逆コナン」。

その上、人の気持ちを逆なでするし、病気の妻に声もかけず、自分の食料だけ買いに行く。家族の容姿については平気でけなし、傷つける言葉も平気で言う。日常のすべてにダメ出し、妻を褒めることはしない。感謝も共感もなし。そのくせ自分は認められたい。話し合おうとすると、逃げたり閉じこもったり、無視したり暴言を吐く。しかもすべてが悪気なし。なんだ、それ？

その上、外面が良い。だから余計に周囲には理解されづらい。会社では仕事はできている。なのになぜ家ではこんなに何もできないのか。なぜこんなに家族に無関心なのか。これで家族と呼べるのか。そんな思いを、私は25年の結婚生活の中で嫌というほど味わいました。

第三者の目

私は、夫の転職に伴い、自分の実家のある地元へ帰ってきました。いまから13年前のことです。そのときに、建てていた家も売り、職も自分の友達も、子どもたちの友達も、すべて置いて地元に帰ってきました。最初は寂しい思いもありましたが、もともと自分が育った場所。だんだんと居心地も良くなってきました。

転居後、私は実父の経営する会社で働くことになりました。ちょうど、事務の女性が辞めることとなり、人手を探していました。最初は、ちょっと腰掛のつもりで、そのうち小学校で働きたいなと思いながら、軽い気持ちで入った会社。だけどそのうち、どんどんいろんな業務を任されるようになり、頼られるようになり、辞めるに辞められない状態になっていきました。ありがたいことなのですが……。

父も、私がまさか地元に帰って来るとは思っておらず、娘が会社を手伝ってくれるということで、すごく期待もし、信頼もしてくれていました。

そんな中、夫のいる会社の事業所が閉鎖されることになり、転職を余儀なくされました。四十過ぎてからの転職は、想像よりもずっと厳しく、なかなか良い条件の仕事が見つかりませんでした。

ちょうどそのころ、うちの会社の経理の女性が辞めることになりました。そこで、夫が会社の経理としてうちの会社に入ることとなったのです。まったくやったことのない経理。理系頭の夫でしたが、私は「大学も出ているんだし、経理の仕事ぐらいなんてことないはず」と思っていました。夫も「大丈夫、やれる」と言っていたのですが……。

席は私のとなり、オフィスの一番目立たない場所。私は、これまで夫が仕事をしているところは見たことがありません。たぶん、十数年理系の仕事は続いていたので、まさか経理の仕事があんなにできないとは思いもせず……。

簡単なはずの伝票作成や入力、銀行の資金の管理、帳簿合わせ。併せて、お客さまからの電話対応やクレーム処理。大卒の彼にできないはずがない、そう思っていました。でも、現実は目を疑う光景。一日中パソコンを眺めています。たぶん、自分でも何がわからないのかも、どこで間違っているのかもわかっていなかったのだと思います。

わからなくて考えているならまだマシです。そのうち、仕事中にコソコソ携帯を見たり、趣味のサッカー女子にプレゼントする品物をデザインしたり、ネットニュースを眺めていたり。たまりかねて私も注意するのですが、そのたびに不機嫌になり、舌打ちをしながら嫌々仕事に戻る。でも、仕事がまともにできない。仕方なく、書類を届けるだけの簡単な作業を任せると、書類を忘れて出ていき、挙句、私に電話してきて、

「お前が言わないせいで書類を忘れた！」

と激怒。

月末には計算が合わない、領収書の整理もできていない、電話応対もまともにできない、もちろんお客さまからの注文を取ることなど到底できません。それもすべて「お前の教え方が悪い」、「お前の入力ミスのせいで計算が合わない」、「お前が言わないからだ」そんな言い訳ばかりです。

こんなことを繰り返す日々でしたが、さすがにいくら私がフォローしても、周りが見ても夫が何もできていないことがだんだん明るみに出始めます。周囲から不満が出始め、あるとき、会社内で夫と社員さんがもめることになりました。そして、そのころから、夫の私に対する態度があまりにひどいものだったので、周りから、

「家でもあんなふうに言うんですか？　ひどくないですか？」

と言われるようになりました。

このとき初めて、私は夫のこの態度がひどいものなのだと認識しました。いままでひどいことをされてきたのだと。ひどいことを言われてきたのだと。目からうろことでも言いましょうか、家庭という閉ざされた空間で行われてきた行為が、職場で第三者の目に触れて、初めて客観的な意見を聞くことができました。

この出来事があってから間もなく、私は自分がカサンドラ症候群であるということを知りました。いままで苦しんできた、誰にも理解されない、何が辛いのかもわからないような言いようのない違和感の正体がわかった瞬間でした。

ですので、私がこの長年の苦しみから抜け出した最大のきっかけは第三者の目があったことなのです。この同じ職場で過ごした6年間はものすごく辛い時間でしたが、おかげで最後に周囲の目によって素晴らしい気づきをもらえました。地獄の底から這い上がった気持ちでした。私は、周りのみんなのおかげで、あの暗い闇の底から抜け出すことができました。

修行

以前、一緒に働いていた同僚の女性に言われたことがあります。

「那美の人生は修行だね」

と。人は、僧侶のように「修行」を経て人間の内面に触れることができるようになる。私たちカサンドラの日常はまさに「修行」。年数がかさんでいくと、ますますその修行にどっぷりと沈んでいく。何かの拍子にその長かった修行から生還し、人間世界に戻ってきたとき、人は覚醒する。人の心の痛みや苦しみ、悲しみや辛さが見えるようになる。

私の人生の25年を修行に捧げました。その間、もちろん子どもたちのことや友達、家族との交流で楽しかったこともありました。ただ、何かに抑圧されたような感覚がずっとありました。そして……私は、離婚によって人間世界に戻ってまいりました。

いま、修行中のカサンドラの皆さま、いつかきっと何かの拍子に「修行」生活から生還し、覚醒するときが来ると思います。私たちは、そのためにいま、もしくは過去につらい「修行」を経験したのではないかと思うのです。

「人生に無駄なことは一つもない」

いまはこの言葉の意味がわかります。本当にその通りだと思います。本当に辛い結婚生活でしたが、そこで学んだことや楽しかったこともありました。夫という人を愛して結婚した事実は本当のことですし、そこで授かった二人のかけがえない子どもたちも宝物。そして離婚して自由になれ、自由のありがたさも実感できました。

辛かったからこそ、いま私は同じ思いをしているカサンドラたちの気持ちがわかる。この修行は決して無駄ではなかった。いまはそう確信しています。

子育ての放棄

二人の娘がそれぞれ高校、中学の受験を迎えた時期に夫はゲームと自分の趣味に没頭し、何もしませんでした。もちろん私は、最愛の娘たちの将来を考え、塾の送り迎えやお弁当、塾の費用の捻出、学校や塾の面談、はたまた長女の模試の成績が伸びないなどの悩みケア、次女が勉強もせずに携帯をいじっていることへの叱咤激励まで一人ですべてやりくりしていました。

次女とは特に、反抗期も重なり、いつになっても真面目に勉強に取り組まなかったので、かなりの言い合いやバトルも繰り広げました。腕にあざができるほど、つかみ合いもしました。塾が合わないのかもしれないと、中3の秋という時期に転塾したり、この子に行ける高校があるんだろうかと、塾や学校の先生にも何度も相談してきました。その間、もちろん仕事もしていました。そんな姿を見て夫は、

「お前も過保護だなぁ。放っておけばいいのに」

そのうち、その年の冬ごろ、私は眠れなくなってきました。食欲もない、眠れない、全身の倦怠感、生きる気力もない、消えてしまいたいと思うようになりました。何もかも、もうどうでもよくなりました。いま思えば、抑うつ状態というやつだったのかもしれません。でもそのときの私には、病院へ行く気力も残っていませんでした。

そんな状況が2週間ぐらい続き、これではまずい、私が倒れるわけにはいかない、

私が倒れたら、この子たちを守れる人間がいなくなると思い、何とか眠れる方法がないか考えました。そのとき見つけたのが「シリコンの耳栓」。粘土のような状態で、耳に詰め込む感じ。これをつけると、次女が勉強もせず携帯をいじっている音も、夫が大音量でパソコンやゲームをしている音も、私の周りから消えていきました。まるで深海にいるような感覚。自分の鼓動と呼吸だけが聞こえました。やっと、2週間ぶりに眠れました。

そんなギリギリの状態の中、二人は受験を迎えました。希望通りとはいかないまでも、二人の頑張りで自分たちの納得のいく高校と大学に入学できました。このとき、私は心から嬉しかった。いままで3人で頑張ってきてよかった、努力が報われたと、涙が止まりませんでした。

私たち親子3人は、トライアングルのようにしっかり結ばれています。どんな困難も3人で乗り越えてきました。彼女たちは、私が一人で立派に育てました。大袈裟でも何でもなく、心から自信を持ってそう思います。この身を削って、心を砕いて、彼女たちを守ってきました。彼女たちを愛情で包んできました。父親の無関心にも負けないぐらいに、私が命を懸けて二人を守ってきました。

いま、子育てに悩んでいるカサンドラたちがもしいたら、大丈夫です。お母さんの想いは伝わっている。ここまで命懸けで一人で守ってきたお子さんは、しっかりとあなたの愛情を受け取っています。いまはまだ見えなくても、必ず。

存在はするけれど、子育てにノータッチで自分の趣味に奔走していた父親なんて、私は父親だなんて認めない。良いとこ取りの、都合良いときだけ父親面する男なんて、親だなんて認めない。子育てはそんなに甘くない。夫にそれがわかるはずがない。一度も向き合ったことがないんだから。

子どもの前で、父親の悪口を言ったり夫婦げんかに巻き込まない

私が夫の異変というか、普通の人の反応と違うんじゃないかと感じ始めたのは上の子を妊娠したころです。浮気に始まり、娘たちとの関わり方も独特でした。私は、浮気事件以来、夫を百%信頼したことはありません。いつも胸に「いくらかの疑い」、「何らかの不信感」を持っていました。

その後も夫の行動は想定外の破天荒なものが多かったのですが、私は下の娘が高校生になるまでほぼ「夫婦げんか」を子どもの前でしたことがありません。喧嘩ではなく、注意は日ごろからしていましたし、いけないことは「いけない」と言いました。子どもに示しがつかないですから。

そのときの夫の反応は「子どもの前で注意するな。親の威厳がなくなる！」でした。そんなことより、自分のやっていることを振り返ってみればいいと思うのですが。子どもの前では良い格好をしたかったんでしょうね。

そしてまた、下の子が高校生になるぐらいまでは、夫の愚痴を聞かせませんでした。事実を伝えることもしなかった。なぜなら、娘たちの半分は、このどうしようもないパートナーの遺伝子でできているから。子どもの前で夫の悪口などを言うことは、子どもの半分を否定するのと同じこと。どんな親でも、子どもには唯一の親。愛されたいと願っているはずです。

だから、ぐっとこらえて夫の愚痴は言いませんでした。子どもは、夫婦の相談相手ではない。愚痴のはけ口でもない。まだ善悪の判断もできないうちから、自分の親の悪口を聞く子どもの身になれば、そんな話はできないはずです。一方的な価値観を刷り込むのは間違っていると思います（だからといって、必要以上に持ち上げたり、かばう必要もない。事実は子どもが一番わかっています）。

私が初めて子どもたちの前で夫について弱音を吐いたのは、下の子が高校生のころです。初めて「お母さんは、お父さんと離婚したいと思っている」と言いました。「もうこれ以上我慢したくない。自由になりたい」と言いました。それから3年後、本当に離婚しました。

そのとき、娘たちは特に驚くこともなく、淡々と、

「お母さんが幸せになれるほうを選べばいい。私たちは反対はしない」

と言いました。もし娘たちが反対したとしても、私の決心は変わらなかったとは思いますが。

いままで口うるさい母親と、黙って座っている父親という構図だった私たち家族の本当の姿を、私は娘たちに話しました。裏で子どもたちのことをどんなふうに言っていたのかも、やんわりと伝えました。私に対しての態度や暴言も。

これまで夫婦の問題について何も話してこなかっただけに、私がここまで悩んでいるとは思っていなかったようですが、娘たちは娘たちなりに父親の家族に対する無関心さには気づいていたようです。よそのお父さんたちとの違いにも気づいていました。娘たちは彼がいなくなっても何も困らないから大丈夫だよと言いました。

このとき、私はいままで夫と子どもの間に入って子どもを守ってきたことが報われたような気がしました。夫の言葉を子どもにストレートに聞かせなくてよかった。私が受け止めてよかった。私は間違っていなかったと実感しました。

おかげで、娘たちはいまでも父親のことを嫌ってはいません。彼女たちの中には、父親との良い思い出しか残っていないようです。彼女たちから見た父親。私から見た彼ではなく、あくまで娘の立場で見えた姿。その姿は、決して悪い父親ではない。それは本当に幸いなことです。彼女たちの中の遺伝子の半分を否定することは避けられました。

家族でいるって難しい

子どもたちがダブル受験のころ、夫はある女子サッカーチームの追っかけにハマっていました。来る日も来る日もサッカー女子の追っかけ。仕事帰りに練習場へ行き、休日もいつも試合だの練習だのに同行し、挙句、運営事務所にまで出入りするようになって、差し入れだの会議だのに首を突っ込むようになりました。個人的に選手を呼び出し、食事をごちそうしたり、誕生日プレゼントを渡したり。

まぁ別に、人の趣味にどうこう言うつもりはありません。ですが家では、実の子どもたちが受験の真っ最中なのです。妻がサポートに奔走しているのです。それが見えないのです、彼には。いつも彼は自分だけが主人公。自分が好きなことだけに突っ走る。傍から見ればただの趣味に走る男。だけどこれが家族となると、なんで娘たちより他人の応援なんだと腹も立つ。そんなことをしている暇があるなら、もっと子どもたちのサポートを手伝ってくれと思う。相談に乗ってくれと思う。彼が隣のおじさんなら、こんなこと何でもないこと。だけどこれが家族だから、家族というチームだから許せない。家族は共同体じゃないのか。みんなで支え合うんじゃないのか。

こんなことが日常でした。こういう人と家族でいることは、とても難しい。価値観の違いというだけでは説明のつかない、本当に難しい問題です。

私が死んだら

　私もいままで何度か「死」を覚悟したことがあります。最初は9年ほど前、胃に異常があり、組織を取って検査してもらったとき。胃がんの可能性があると言われました。次は6年ほど前、乳がん検診で再検査と言われたとき。それから2年前、ひどい頭痛で電車内で座り込み、脳外科に行き、長年のストレスで、脳に未破裂脳動脈瘤があるとわかったとき。

　どのときも、もし自分が死んだらと、いろいろとその後の状況を予測して、やるべきことを考えました。そのとき、いつも私にはとてつもなく大きな不安がつきまとっていました。たぶん、カサンドラならみんな（無意識にでも）思っている、心の中に抱いている不安。私には大事な子どもが二人いる。まず、この子たちを残して死ぬことは、この子たちを見守ってくれる人がいなくなるということ。この子たちを、せめてハタチになるまで育ててくれる誰かは、見届けてくれる誰かは、いないということ。いや、形の上ではいる。夫がいる。形だけの父親ならいる。ここが厄介なところで、へたに父親がいることで、ほかの誰かが手を出せない可能性がある。役立たずの父親がいることで、世間は安心してしまう。

「お母さんがいなくなっても、お父さんがしっかり子どもたちを養ってくれる。大黒柱が残っているから、私たちは遠くから見ていればいい」

きっと、親せきもご近所も、こう思うでしょう。これをどう説明すれば違うとわかってもらえるのか。この残った父親が、実は誰よりも頼れない存在だということを、どう説明すればいいのか。それを考え始めると、私は、

「この子たちを残しては絶対に死ねない。死ぬわけにはいかない。何が何でも生きていなくては。この子たちの運命は、私にかかっている」

そんな、何とも言えないプレッシャーを感じました。どのときも、一応は夫に報告はしました。相談はできない。下手に相談すると、その反応が陳腐過ぎて、殺意すらわく羽目になる。

「お前がいなくなったら俺の世話は誰がやるんだ」

という何とも言えない反応だったのですが……。

子どもの心配なんか、これっぽっちもしませんでした。夫が子どもについて心配なのは、これから子どもを「俺が」どうやって育てればいいのかわからないという不安だけ。そりゃ当たり前でしょう。いままで何もやってこなかったのだから。わかるはずない。幸い、この3回とも私は死なずにここにいます。本当に幸いでした。ありがたいことです。私がいくら考えても、私がいなくなったあとの子どもたちを託す先が思い当たりませんでした。私の両親（そのころはまだ二人とも健在でした）か、夫の両親か。最終、この4人に打ち明けて、誰かに託すことまでは考えていました。

それでも、いつまでたってもこの言いようのない不安はぬぐい切れないまま、幸い

にして私はいまでも生かしてもらっています。そして、下の娘もやっとハタチ。ようやく最近、この言いようのない不安から解放されつつあります。もう、娘たちも一人で生きていける。万が一、私がいなくなっても生きていける。子どもを残して死ななかったこと。それだけでも、私がいままで生きてきた意味があります。

アスペルガー・タイプのパートナーを持つこと。それは子どもの全責任を一人で負うこと。本当に本当に、私たちは大変な役目を担っていると思います。

空の巣症候群（母親の燃え尽き症候群）

それまで、何となく娘たちは結婚しても近くにいて、行き来できる距離にいるのだろうなぁという未来を描いていました。しかし、長女も家を出て関東へ、次女も就職したら家を出るかもしれない。そう考えたとき、言いようのない喪失感に襲われました。いままで、娘たちのために生きてきたようなところがありました。私はこれから何を生きがいに生きていけばいいんだろう。私は家族の誰にも必要とされていない。何のために働いて、何を目標に進めばいいのか。生きる意味がわからなくなっていました。

いま思えば、これは娘たちが私の元を離れることへの不安、俗に言う「空の巣症候群」ではなく、夫と二人きりの老後を迎えることへの不安だったのだと思います。

だとすれば、パートナーがアスペルガー・タイプの人は、この症状になりやすいのではないかなと思うのです。子どもが巣立つことへの不安だと思いがちですが、実はパートナーとのコミュニケーションが取れないことへの不満が「空の巣症候群」を引き起こす。だって、パートナーと普通にコミュニケーションが取れ、夫婦の会話が楽しくて、二人で出かけるのが楽しい夫婦は、子どもが巣立って二人になったら、そこからが第2の人生！　また新婚時代のように二人で人生を楽しめばいい。二人で映画に行き、旅行をし、二人で子どもたちの新居にお邪魔して孫たちと遊んだり、二人で趣味を楽しんでもいい。

私は、夫との老後を思い描くことすらできませんでした。二人になったときのことを思うとゾッとしました。そのことが、私の「空の巣症候群」の原因だった。

いまは、そのときの自分が嘘のような気持ちです。子どもたちがこの家から出て行こうとも、一人で新居に遊びに行けばいいし、孫にだって会いに行って遊べる。この家では、一人で自分の趣味ややりたいこと、できることを楽しめばいい。誰にも強制も非難もされない。私がここでこうして元気に明るく過ごしていることは、娘たちにとっても、私の老後など気にすることなく自分の仕事に打ち込み、夢に向かって自由に生きることにつながる。そのために、私はここでいつまでも元気で自由にのびのびと生きる。娘たちの負担になんかなりたくない。

そして、娘たちには、辛いことがあったらいつでも帰って来て休んでいけばいいからねという安心できる実家を守ることが私の役目です。そう考えることができるようになりました。いやむしろ、健全な人はそう考えるのが普通でしょう。あのころは、そう考えるほどの気持ちの余裕もなかった。娘たちに置いて行かれるような孤独感でいっぱいでした。いまは、本当に心がフラットに戻った気分です。やっと、健全な人間の心を取り戻しました。

離婚したこと

私は2018年12月に離婚しました。24年同居し、最後の1年は別居しました。

この世にカサンドラで苦しんでいらっしゃる方は多いと思いますが、すべての人が離婚したいと思っているとは思いません。離婚したほうがいいとも思いません。別に私は「離婚推奨者」ではありません。私にとって、離婚がベストだと思っただけで、すべてのカサンドラが離婚すべきかどうかはわかりません。

だけどたまに人と話していると、離婚だけが正しい選択肢ではないよというようなアドバイスをされることがあります。そんなこと、言われなくともわかっています。私も好きで離婚したわけではありません。嬉しそうに役所に離婚届を出しに行ったわけではありません。子どもや両親、義両親のことを考えなかったわけではない。夫と幸せな老後を迎えたいと思わなかった日はありません。

　そのために何度も話し合いももちかけ、何度もこちらから歩み寄りました。そのたびに、翌日には何事もなかったかのような日常が戻り、昨日のあの話し合いは何だったのか、私の叫びは届かなかったのかと絶望することがよくありました。こんなに真剣に話しているのに、なぜあの人は平然と暮らせるのだろう、自分がおかしくなったのかと何度も思いました。もしかしたら、こんなに取り乱して話すようなことではなかったのかもしれない、私が我慢すればいいのかもしれないと思い、また日常に戻る。

　でもまた数ヵ月、数年ごとに同じことが繰り返されるのです。本当に本当に、頭がおかしくなりそうでした。子どもが小さいうちは、父親のいない子にすることにも不安があり、両親が揃っていないことに子どもが後ろめたさを感じるかもしれないと悩み、心の傷も心配しました。同時に、これからのこの子たちの教育費、生活費、あるであろう家族の笑顔。いろんなものを私の一存で奪うことが果たしてベストな選択なのか。悩みに悩み、そして結局、夫が会社を辞め、私にとどめの一言を言った時点で、私のいままでの気持ちに区切りがつきました。

「子どものことなんか考えたくない。お前も子どももどうでもいい」

　これ以外にも、気持ちが切れる言葉をいくつもいくつも言われました。お前は敵だの、お前の父親も弟も頭がおかしいだの、離婚して会社を辞めることが自分にとって一番良いと思うだの。廃人になりそうでした。でも、ここで家を飛び出すことが最善だと思えなかったので、子どものためにもその場はこらえました。そんな思いも乗り越え、いろんな覚悟を決めて離婚を決断しました。

離婚は一つの選択肢です。人それぞれ選ぶ道が違って当たり前。悩んだ末、私がベストだと思った道が離婚でした。強い女だからとか、一人が好きだからとか、決してそんな理由で離婚したわけではありません。離婚は簡単ではありません。エネルギーもパワーも必要です。怒りや苦しみ、悲しさも伴う決断です。その後の、心ない人のあわれみの表情にも慣れました。「かわいそうに」なんて、なんでいまの日本の人たちは思うんだろうと思ったこともあります。

幸せな結婚生活を送っている人にはわからない気持ちだと思います。離婚することで自由になれる人がいるってこと。離婚することで、本来の自分に戻れる人がいるってこと。離婚することで、本当の幸せをつかめる人がいるってこと。私も、まさか自分がこんな気持ちになれるとは、経験するまで思いもしませんでしたから。

離婚したとき、おめでとうと言ってくださった多くの方々、あの言葉は、何よりも私の力になりました。同じ戦いをしているからこその「おめでとう」だったのだと思います。一足先に自由になれた私が、これからもっともっと幸せに、自由に、輝いて生きることが、皆さんの希望になるように、私はこれからも日々邁進いたします。

元夫との関係

いまはもう元夫とは一切連絡は取っていません。離婚後もずうずうしく一方的に要求メールを送り続けてきた元夫に、ある日ハッキリメールで言ってやりました。

「私たちはもう離婚したのだから、なんで私があなたにそこまでする必要があるのですか。もう他人なんですよ」と。それから一切のメールは来なくなりました。当たり前にわかっていると思っていたのですが、彼は離婚の意味すら理解していませんでした。なぜ私たちが夫婦を続けられなかったのかを。

いまになって思うことは、彼とは結婚すべきではなかった。ああいう人とは、せいぜい友達でいるのが適当な関係だと。ただ無邪気で天然で、子どもみたいにやりたいことだけをし、悪気がない。だけど一切頼りにならず、日々自分の要求だけを押し付けて、その上パートナーである人を無意識に傷つける。友達でいればよかった。そうすれば、こんなふうに絶縁する必要もなかったのかもしれません。けっこう面白い人物ではあったから。

元夫の子どもへの思い

私は、子どもが小さいころから、元夫の子どもへの接し方に違和感があり、なるべく彼と子どもを関わらせることなく育ててきました。彼が子どもに強制したり、子どもの年齢にそぐわない映像や画像を見せることにも嫌悪感を抱いていましたし、彼の機嫌だけで子どもを怒鳴ったり無視する行為に触れさせたくなかったのです。

結果、いまになって思い返すと、それは大正解で、あのまま子どもと夫を関わらせていたら、子どもたちはきっと夫と同じような価値観の大人になっていたと思います。本当に、それを阻止できたことは幸いでした。

つい最近、長女が短期間ですが入院した時期がありました。外科的な治療で、計画的な入院だったため、特に心配もなく過ごしていましたが、別居中の夫がお見舞いに来たと、娘から聞きました。彼なりに、娘のことは心配だったのかと、少しは見直しました。

娘は入院後、関東方面へ引っ越し、就職する予定になっていました。そこで彼が娘に言ったこと。

「長年育てた娘が遠くに行くのは寂しい」

普通の父親なら、この言葉は何の違和感もないでしょうし、ごく普通の一言でしょう。

でも私には、夫の放ったこの一言に非常に違和感を覚えました。夫は子育てに参加したことなどただの一度もない。私が必死で子どもと格闘している間、一人のんびりゲームをし、サッカー女子を追っかけていた人に、子どもを育てたなんて言ってほしくない。

　まして、別居する寸前に彼の言ったこと「お前も子どももも、どうでもいい」。こんなことを言った人が、長年育てたなどと言ってほしくない。子育てがどれほど大変で孤独で、しかも精神的におかしくなるほど追いつめられるものか、あなたにはわかるはずがない。その間、ただの一言でも「大丈夫か」、「手伝おうか」なんて言葉の一つもかけたことのない人が。別居後も、子どもに会いたいと一度も言ってきたこともない人が。そんな無責任で気持ちのこもらない言葉を平気で吐ける人間だということも、あきれるを通り越して笑えるレベルです。

　離婚後も、子どもに会いたいとは一言も言ってきません。娘たちも、父親に会いたいとは一度も言いません。強がっているわけではなく、いままでどれほど父親が娘たちと関わっていなかったかの証明です。あの子たちは、父親がいなかろうと、何も困らないし、痛くもかゆくもないのです。

　かつて夫はよく言っていました。娘が嫁に行くときに泣く親の気持ちがまったくわからないと。なぜ悲しいのかがわからない。ばかばかしいと。夫にとって、娘たちの存在はこの程度です。サバサバしていてあっさりしているなどと割り切れるモノでもなく、私たちは愛されていないのだなとしか思えませんでした。どうでもいいんだなと。家族とは、こういうものなんでしょうか。私は違うと思います。

犬と猫

私は結婚以来、犬と猫を両方飼ってきました。夫が飼いたがったからです。飼いたがるわりに、一向に世話はしないのですが。猫は本当に気まぐれで、気が向いたら飼い主のほうへすり寄ってきて、気が向かなければ遠くで寝ている。飼い主に媚びることもなければ、ご機嫌をとることもない。猫は人間との生活とは別に、自分の世界を持っています。華麗でスマート、一人でも生きていける。それほど手をかけなくても飼える動物だと思います。

逆に犬は、いつも私に寄り添ってくれました。いつか、私が心身ともに疲れ切り、床に倒れていたことがありました。もう、動く気力もなくなったときです。頭が真っ白で、しばらく床で寝転んでいました。

そうすると、うちの飼い犬が一緒に横で寝そべりました。何も言わず、おしりをぴったりくっつけて。そのくっついたおしりから、温かい体温が伝わってきました。何とも言えない安心感が広がりました。この子が一緒にいてくれる、寄り添ってくれる、慰めてくれる。犬を飼っていない人は、

「そんなわけないよ～、動物なんだから。飼い主の思い過ごしだよ」

と言うかもしれません。でも私にはわかります。この子は私の気持ちがわかる。この張り裂けそうな胸の内がわかっている。だから黙って寄り添ってくれているんだ。

こんなことが何度もありました。辛くて泣いているときも、落ち込んでしょんぼりしているときも、この子はいつも寄り添ってくれました。

犬は、私が旅行で留守にするときは家に置いて行けません。誰かに預けるか、ペットホテルか。とにかく一人で一晩過ごすことができません。寂しがるし、不安でしょう。きっと散歩に行かないと、排泄もしづらいと思います。私の帰りが遅いときも、玄関でじっと待っています。今日は遅いなぁと言わんばかりに。だから、犬は手がかかります。犬はいつも人間とともにいるし、人間もいつも犬のことを気にかけながら、外泊やその他の予定も立てます。犬は、人間とコミュニケーションをとりながら共生しています。犬と暮らすことは、他人と暮らすことと似ています。そして犬は、夫と違って、思いやりや癒しや、優しさをくれます。

もしかしたら、カサンドラたちは犬を飼っている人が多いのではないでしょうか？　猫派より犬派の方が多いのでは？　きっと、カサンドラは実は構ってほしくて寂しがりやで、愛されたくて愛したい。そういう人が多いのではないでしょうか？

その犬も、夫と離婚した翌年に亡くなりました。きっと彼は、私が最も辛かった10年をともに過ごすために来てくれた、私にとっての天使だったのだと思います。彼には本当に感謝しています。

障害者支援とは

私が夫を「アスペルガーなんじゃないか」と思うようになったころ、まず役所の障害者支援窓口に相談に行きました。予約をして、やっと希望の日時に行ったのに、私の言うことを聞いてくれるどころか「発達障害者支援センターに行ってください。連絡先は調べてください」と言われただけ。

仕方なくまた自力で発達障害者支援センターに予約を入れ、相談員と会いました。手短に夫の話をし、会社でトラブルになって会社にも迷惑になっていること、家庭生活がめちゃくちゃになっていることなどを話しました。夫の行動について聞いた相談員は、ここでは詳細な検査はできないけれど、聞く限りでは発達障害の可能性が高いと言いました。ただ、病院の予約自体が何ヵ月も待たされ、その上検査にもかなりの時間がかかると言われました。

私は、夫に発達検査を受けてもらうかどうか悩みました。もし彼に診断がつけば、彼がこれから社会で生きやすくなるかもしれないし、自分が無意識に人を傷つけていることも気づいてくれるかもしれない。そうなれば、これから一緒に改善に向けて頑張れるかもしれないと思いました。そのことを彼にどうやって話すか。何日も考え、ある日やっと彼に、

「あなたはアスペルガーだと思う。一度検査を受けてくれませんか?」

と切り出しました。

「俺が発達障害？　そんなことがわかれば、会社も追い出されるし、世間からも白い目で見られるな。とんでもない」

という反応でした。彼にアスペルガーについて書かれた本を手渡し、読んでもらうように言いましたが、表紙をちらっと見て終わり。逆に、

「お前のほうがおかしいんじゃないか？　お前がアスペルガーだ」

と言われる始末。

私が彼に診断をつけたいと思ったのは、彼を批判しようとか、ばかにしようとしたからではありません。これから、一緒に前を向いていけるのではないかと思ったし、もしかしたら彼ももっとみんなとうまくやっていけるのではないかと思ったからこその提案でした。

でも、それは、彼には伝わらず、そのままある日、彼と一緒に発達障害者支援センターに行ったとき「こいつ（私）が診断したいと言うからしてもいい」というような発言をしたのです。その日、支援センターの職員の方に言われたことを、私はいまでも忘れることができません。

「あなたはご主人に検査を受けさせて、障害者というレッテルを貼ることが、彼にとってプラスになると思いますか？　彼のためになると思いますか？」

これを聞いたとき、涙が溢れて止まりませんでした。この人たちもまた、私の気持

ちをまったくわかっていない。私は夫に障害者のレッテルを貼りたいのではない。医学的に、彼が発達障害だと診断がつけば、彼も私も納得ができ、夫も自覚してこれからの生き方を考えてくれるかも、生きるのが楽になるかも、私が傷ついていたことも理解できるかもという気持ちがあったからです。

支援センターの職員にとっては、発達障害と言われる人たちにレッテルを貼ったほうがはっきりとわかりやすいし、支援がしやすい。診断がついているほうが都合が良い。診断は、彼らがわかりやすいようにつけるんだなと思いました。決して障害者本人のためにつけるんじゃない。だから、私が診断をつけたいと言ったときに、診断を「マイナス」面でしかとらえなかった。でも、私が診断してほしいと思ったのは、夫や私にとって「プラス」になると思ったからです。彼ら支援員にとっての「発達障害」はマイナスなんです。ハンディーなんです。それが、このときによくわかりました。

だから、私があの場所に行ったことはまったく時間の無駄でした。お互いの目的が違うからです。私はアスペルガーをマイナスだとは思っていません。彼らには、私にはない飛びぬけた才能がある。芸術家や音楽家、スポーツ選手、研究者など、さまざまな分野でその才能を発揮しています。私のような平凡な人間にはできないような、一つのことに没頭できる能力は並外れたものだと思います。これは、マイナスではなく間違いなくプラスです。

支援員たちはマイナスだととらえるから、障害者のレッテルなどと言うのでしょう。そんなレッテルを貼っているのは、私ではなく支援員のほうです。障害者支援などと言いながら、まず診断名で振り分ける、その時点で差別を感じます。私はそこに違和感を抱き、あのときは診断はあきらめ、ここにも私の気持ちを理解してくれる人はいないと絶望しました。まともな話ができる人はいないと思いました。

そして、心療内科の医師や心理士の中にもきっと、同じような考え方の人がいるはずです。診断名で薬を出し、本人や家族の気持ちなどそっちのけ。そんな人間に、私は何度も絶望しました。

私は単に診断名を聞きたかったわけではない。その先の生き方を一緒に考えたかった。そういう場所が欲しかった。しかもうちの夫のような人には、はっきりと診断名はつかないでしょう。いわゆる「グレーゾーン」だとわかる程度。実際、仕事にも行き、生活もでき、結婚して子どももいる。見た目はごく普通の人。何も困っていないし、自覚もない。診断して誰が得する？　という感じでしょう。そう言われ、病院を後にするとき、私たちは何か得るものがあるでしょうか？

じゃあこれからどうすればいいのかは、誰か助けてくれる人はいないのかは、誰も教えてくれない。「ほらみろ、俺は発達障害なんかじゃなかっただろ」なんて、夫自身にもそう言われてばかにされるのがオチだったかもしれません。

せっかく夫婦で病院まで来て、ようやく何か手掛かりがつかめると思ってみたら、何も得るものがなくて絶望して帰る、そんな私でした。

PART 2

私が生まれ変わるまで

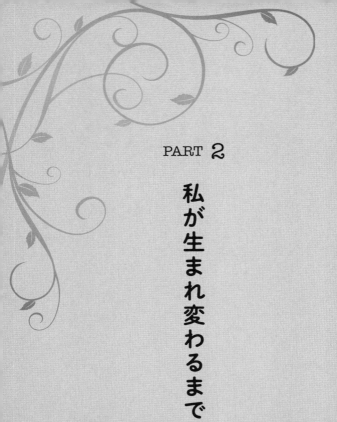

〈出会い〉1991年

夫とは、私の会社の同僚の友人という形で知り合い、1年半のお付き合いの後、結婚しました。もちろん、幸せになるために結婚しました。子どもたちと一緒に温かい家庭を築くことが目標でした。1年半のお付き合いの中でも、私は特に彼に違和感を持つことはありませんでした。いま思えばなんですが、結婚に関して前進する手続きはすべて私がやりました。

- 結婚するまで二人で積立する
- 家具や生活用品を買う
- 結婚式の日取りを決める
- 新婚旅行の行き先を決める
- 結婚式場、式の内容を決める
- 招待する方々を決める

などなど、すべて私が決めました。私が「やらせて」と言ったわけではなく、彼がやろうとしなかったからです。

そのころは、彼は地元ではなく、ほかの地方で働いていたので、距離が離れているせいで、これらの準備に興味がないのだと思っていました。だから私も、彼が結婚についての興味を示さないことをまったく気にしませんでした。恐ろしく鈍感だった自分に驚きます。

〈妊娠中〉1996年

結婚から約3年、私たちはお付き合いしていたころと変わりなく、二人だけで新婚時代を楽しく過ごしました。私は、そろそろ子どもが欲しいと彼に伝えました。夫は、「父親になる自信がないから、子どもはいなくてもいい。だけど、お前が欲しいと言うなら子どもを持ってもいい」

と言いました。

「親になる自信なんて、最初は誰もないんじゃない？　生まれてからだんだん自覚が出るんでしょ？　二人で協力して子育てすれば大丈夫！　頑張ろう！」

こんな話をし、私は間もなく妊娠しました。このころからでしょうか。私の中に少しずつ、少しずつ、小さな違和感が芽生え始めたのは。

まず最初に、夫は私の妊娠を聞いたとき、それほど喜ばなかったのです。私の勘違いかなと、そのときは思いました。実は嬉しいけれど、きっと照れているんだ。初めてのことだし、戸惑っているに違いない。私はそう思いました。その後、母子手帳を見せて話したり、健診での様子を聞かせたりしましたが、どうも彼の反応が薄い。だけど、彼がすごく気にしてしつこく言ってきたことが一つだけありました。

「子どもに障害がないか調べてほしい」

彼が一番気になっていたこと。

そんなもんかなぁ、初めての子どもだし、ナーバスになっているのかもしれないと思いました。子どもができて嬉しいより、障害のない子どもが生まれてくるかが気になる。感覚が違うなとは思いましたが、このときもそれほど気にせずに「そんなもんなのかなぁ」という感じで過ぎて行きました。そして、私が妊娠4ヵ月を迎えたころ、最初の夫婦の危機がやって来るのです。

〈妊娠4ヵ月目の出来事〉1996年

私が妊娠する少し前から、夫の会社同僚のYという若い女の子がよくうちに遊びに来ていました。彼女は、もともとご両親と同じ会社で働いていたのですが、父親の退職でご両親は地元の九州に帰り彼女だけがこちらに残ったのです。

そのため、知り合いもいない土地での一人暮らし、慣れないこともあり、夫がうちに連れてきて私がご飯をつくり、話し相手にもなっていました。何らおかしな関係でもなく、ただの会社の同僚。そう思っていました。そこに私の妊娠。いま思えば、夫にはやはり子どもができるという事実が受け入れられなかったのだと思います。

Yがうちに来る頻度が高まりました。私が留守の間に二人で家にいることも。そして、Yは私に何のあいさつもない。平然と夫とゲームをしたり、タバコも吸っていました。何かおかしい。これは普通のことなんだろうか。私には少しも遠慮することなく、二人がうちでくつろいでいる。しかも、ほぼ毎日。夫にもおかしいということは伝えましたが、何も行動は起こさず、Yと二人で出かけるようにもなりました。

私はある日、Yの家に行き、もうこういう付き合いはやめてくれるように言いました。

そこで彼女の口から信じられない言葉を聞きました。

「私はねえさん（私のことです）のご主人と関係を持ってしまいました」

何が起こったのか、どうすればいいのか、頭が真っ白になったまま家に帰り、夫に事実を確認しました。彼はあっさりと認めました。

「父親になる自信がなかった」

と言いました。そして、

「お前が子どもを欲しがったから……」

と。

なに？　子どもができたことが浮気の原因？　私が子どもを欲しがったから？　私のせいだって言いたいわけ？　二人で頑張って子育てしようと話したのに？　このときのことは、いまでもあまり詳しく思い出すことができません。あまりのショックと、それが私が妊娠したせいだと言われたこと、あんなにお世話もしたYが相手だったということ、こんなことある？　どういうこと？　絶望で、思考が停止したような感覚でした。これからどうするか。この人とこれからも結婚生活を続けるのか。別れるのか。でも、子どもは？　もうすぐ生まれるのに？　妊娠をとても喜んでくれた両親や、義両親にも言えませんでした。申し訳なくて、情けなくて、子どもにも悪くて。

妊娠4ヵ月目。この子をどうするか。赤ちゃんの誕生を心待ちにしているはずの私が、この子をどうするのか考えているなんて。ごめんね、お腹の中の赤ちゃん。本当にゴメン。

〈九州へ〉1996年

数日たち、私も少しは落ち着いてきました。夫は「別れたくない、申し訳なかった」と言います。しかし、私の気持ちはおさまりません。このまま私が引き下がれば、この問題はうやむやになる。何事もなかったかのような日常が戻ってくる。こんなにひどいことをしておいて？　私は、市の無料法律相談に行きました。そこで、弁護士さんが「気が済まないなら、調停を申し立ててはどうですか？　そして相手の女性に慰謝料を請求すればいい。ご主人とは、もし別れるなら同様に請求してもいいと思います」と。

私はその足ですぐに家庭裁判所に出向き、調停を申し立てました。そして、しばらくして、Yのご両親から手紙が届きました。そこには「あなたも知らない関係ではなかったのだから、あなたの監督不行き届きもあるのではないですか?」というようなことが書かれていました。

私も悪いと? そんなこと言うんだ……ふ~ん、何も知らないくせに。私もご両親に手紙を書きました。いままでの経緯を詳しく書きました。彼らは会社のパソコンを使って連絡を取っていたこと、Yは毎日のようにうちに来て、私のつくった夕食を食べ、その後タバコを吸いながら我が物顔で大声で騒いでいたこと、それを妊婦の私が黙って我慢していたこと。まさかこんなにお世話までしてきた子に、こんな裏切り行為をされるとは思ってもみなかったということを書きました。娘を一人残して地元に帰ったことは間違っていた。このように人さまに迷惑をかけるなら一緒に連れて帰って欲しかった。浅はかな行為であるということを。そして、私は彼女のご両親に会うために、はるばる九州まで行きました。どうしても、私も悪いと言われたことには納得がいきませんでした。なんと、夫は、

「俺も行く」

と言いました。浮気相手の親に、どんな顔をして会うというのか。まったく彼の考えはわかりませんでしたが、勝手にすればいいと思い、一緒に九州まで行きました。

Yのご両親は、会うなり私に、

「大変申し訳ないことをした。悪いのは、そこにいるご主人とうちの娘です」

と丁寧に頭を下げられました。うちでそんなにお世話になっていたとは知らず、大変失礼な手紙を送ってしまったことを詫びられました。娘は会社を辞めさせ、こちらに引き取ります、慰謝料は私たちが支払います。本当に申し訳ないことをしましたと言われました。わざわざ行ったかいがありました。

会社でも二人のことは公になっており、当時所属していた課の課長さんに念書をつくっていただき、二人は金輪際会うことはしない、関係は解消するということを確認しました。これで一応の事態は終了しました。さて、残るは私たち夫婦の問題です。

〈自宅に戻ってから〉

自宅に戻り、まずはこれから私たち夫婦がこのまま継続するのか、別れるのか、それについては、彼は、

「別れたくない」

と言いました。お腹に子どももいる。いま別れることは最善の策ではないのかもしれない。彼も反省している（ように見える）。私は、子どものためにも、もう一度だけ頑張ってみようと思いました。

それから、いままで通りの生活が始まったわけですが、彼は浮気事件についてまったく持ち出さないのです。気まずさからなのか、悪いと思っているからなのか、何が

何だかわかりませんでしたが、こっちのほうが悶々と日々を過ごしていました。私の思う「普通」は、これまでのことを反省し、これからどうすることが、私がもう一度彼を信用できる最善の策かを提案してくるぐらいの行動です。何も言わないことが、果たして反省なのか。本当に、何事もなかったかのような日常が戻ったのです。あれは夢だったのかと思うほどに。


たまに私が浮気のことを持ち出すと、面倒くさそうに、

「もう終わったこと。もうしない」

と言うだけ。それについて、何のコメントもない。むしろ、いつまで言っているんだ、しつこいとでも言わんばかりの対応。このことは、いまでも私の中では解決はしていません。彼から、誠意のこもった対応をしてもらっていないからです。「もう終わったこと」なのは、夫だけ。私の中ではいつまでも終わってはいない。これだけ傷つき、体力も精神力も使ったこの出来事は、彼の誠意ある対応がないままにいまに至っています。この出来事は、私が彼から受けた、最初の重大な心の傷となっていまも残っています。

〈子どもが生まれる〉１９９６年

それから数ヵ月後、私は長女を出産するために実家に戻りました。その1ヵ月半は、

母が何でもやってくれ、笑顔と幸せに包まれた、本当に幸せな日々でした。予定日に、予定通りに入院し、8時間の、私にとってはかなりキツイ最初の出産でした。

子どもが生まれると連絡を受けた夫は、職場から駆け付けました。初めて見た我が子を、彼は抱き上げて観察していました。「かわいい」とか「嬉しい」とか、または私に対して「ありがとう」とか、「お疲れさま。よく頑張ったね」、などという気の利いた言葉は何もなく、ただ娘を抱いて観察していました。

私はこのときも、初めての自分の子どもを見る男性の反応と言うもののお手本を知りませんでした。妻にかける言葉も、娘に対する態度も、仕草も、何もかも初めてのことで、いまにして思えば、このときも本当はおかしかったのでしょう。妻に労いの言葉の一つもかけるのが、優しい旦那さまなのでしょう。病院に着いたら赤ちゃんがいた。そこに至るまでの妻の苦しみも、痛みも、頑張りも、何も彼には想像もできなかった。そのことについて事前に調べるなどという高度な技を使えるはずもなく、ただ娘を観察する夫。

思い返せば、私がつわりで苦しんでいたときも、何の声掛けもなかった。声掛けどころか、浮気でそれどころではなかった。どうしたらいいのかわからないなりに、何かしようと努力する姿は、一切見たことがなかった。

産後、2週間ほどで自宅に帰ることになりました。それまでいろいろとお世話をしてくれた母には、本当に感謝してもしきれないほどです。そのサポートがなくなるこ

とに若干の不安はあったものの、夫が、

「早く帰って来てくれ」

と言うので、2週間後に自宅に戻りました。そのときは、きっと早く私たちに会いたいのだろう、寂しいのだろうと、自分に都合の良いように解釈していましたが、いま思えばそれも「一人で自分のことをするのは不便だ。早く嫁に帰って来てもらって家のことをしてほしい。面倒な家事はやりたくない」という感じだったのだと思います。

〈長女の育児〉

自宅に戻った私は、早速慣れない育児に追われる日々を過ごすことになります。何時間経っても泣き止まない娘、ずっと立ちっぱなしで抱っこして、何もできない。食事の支度はおろか、掃除も洗濯もまともにできませんでした。だけどそのころの私は、夫に「手伝って」の一言がなかなか言えず、仕事をして疲れているだろうと、いろんなことを一人で抱え込んでいました。

そんな様子を見ても、夫は何か言うわけでもなく、忙しそうにしている私を見ているだけでした。ときに「よく泣くね」とか「なかなか寝ないね」などという感想を述べるのみ。「大変そうだね、手伝おうか」そう言ってくれるような人だったら、いま私は離婚などしていないはずです。一人ぼっちの育児でした。

このとき、もっと自分のして欲しいことを言えればよかったのかもしれません。どっちがいけなかったんでしょうね。言えないほうか、察しないほうか。どちらからも歩み寄りのないまま、育児の負担はどんどん私にかかってきました。

私が言わなければ、このままどんどん私の仕事は増えていく。たまには言いました「この子、抱っこしててくれない？」「これ持っててくれない？」「これ、捨てて来てくれない？」「お茶碗並べてくれない？」言えばしてくれます。でも、こちらから言わなければ、何もしてくれません。しかも、前日に言ったことを、翌日覚えていて「今日もこれ、やっておこうか？」の一言はありません。1から10まで言わなければやってくれません。言わなければ、いくら子どもが泣いていようが、ぐずっていようが、パソコンの前にじっと座っています。

さすがに、娘をお風呂に入れてもらうことは頼みました。帰りも早いし、私一人でお風呂に入れることは、特に小さいうちは大変です。入れ方も1から10まで指示しないとできません。指示しても、翌日には忘れているのか、たまたまできていないのか、私が言ったことはできていないことも多々ありました。昨日できなかったから、明日はできるように工夫しようとか、やり方を変えてみようとか、そんな思考はまったくなく、ただ作業として娘をお風呂に入れる、そんな感じでした。

彼は、娘と遊ぶときも独特でした。首が据わらないうちに「立てる！」と言って娘を壁に立てかけて遊んだり、座らせてみたり。見ていてひやひやすることが多く、とても二人にして出かけることなどできませんでした。まるで人形と関わっているような対応。ようやく首が据わったころ、高い高いをした夫は、上に投げ過ぎて娘を天井にぶつけたこともありました。

乳児と遊ぶということが、彼にとって得体の知れない者との交流のような感じでした。ようやくお座りできた娘を、肩車をしてパソコンでゲームをする、こういう関わり方が日常でした。おもちゃで遊ぶとか、抱っこして顔を見るとか、話しかける、そんなコミュニケーションの仕方を、彼はまったくしませんでした。でもこれも、普通の男性はこんなものなのかもしれないと私自身が受け止めてしまい、違和感として自分の中に残るということもなかったことは事実です。

〈入院〉1997年

そんな娘が3ヵ月のとき、初めて風邪をひきました。私は娘を病院へ連れて行きました。風邪薬をもらい、しばらく様子を見ていましたが、一向によくなりません。それどころか、咳がひどくなっているように思えました。

1週間後、再び病院へ行くと、肺炎にかかっていると言われました。即、入院させなければならないと。私は早速入院の準備を整え、入院する大きな病院へと移りました。幸い、自宅からその病院は徒歩で行ける距離でした。夫が娘が入院すると決まったとき、真っ先に私に言った言葉。

「大丈夫か?」

でも「娘の容態は?」でもなく、

「俺はおかしいと思っていたよ。咳がなかなか治らないからね。お前がもっと早く病院へ行っていれば、こんなことにはならなかったんじゃないか?」

それならそうと、なぜ一緒にいるときに言わなかったのか、自分はずっとゲームばかりしていたくせに。なぜ私のせいみたいに言うんだろう。いろいろ思うこともありましたが、とにかく入院しなくてはならなかったので、荷物をまとめて病院へ行きました。

それから1週間、小児病棟での生活が始まりました。小児病棟は、赤ちゃんや小さい子も多く、夜中に夜泣きやぐずりでけっこうな物音がしました。娘は私と一緒だったし、家と同じ感覚だったかもしれませんが、うちの娘は完全母乳で、夜中に夜泣きもあったため、私はほとんど眠れない1週間を過ごしました。

その間、夫は仕事が終わると毎日必ず自分のお弁当を買って持ってきて、その日あったことを話して帰っていくのでした。その様子は、小学生が遠足に来ているようだと私はふと思った記憶があります。楽しそうに、違う環境でいられることが新鮮で嬉しいというような感じに受け取りました。もちろん、私を気遣って「少し代わるから眠ってくれれば？」とか「家に帰ってお風呂に入ってくれれば？」なんてことはまったく言わないので、こちらから要求しました。家に帰ってお風呂に入って着替えも取ってきたいから、ここで娘を見ていてくださいと。言えばやってくれます。代わりに見ていてくれます。だけど、それを自ら進んで言ってくれることはありません。

ようやく1週間が過ぎ、退院できたときは、心底ホッとしました。こうして、またいつもの日常に戻りました。

〈在宅ワークと休日〉1998年

娘が1歳半になったとき（ちょうど4月の入園の時期でした）、私は在宅で仕事を始めました。地元を離れ、知り合いもいない土地での育児に寂しさもありました。何か、外とつながりたいと思いました。そこで、娘を保育園に預け、在宅の「テープおこし」の仕事を始めました。娘は人見知りが激しく、保育園になじむのにもかなり時間がかかりましたが、6月に入ったころにはようやく保育園にも慣れ、仕事をスタートできました。

テープおこしは、会議などの議事録を録音したものを、ヘッドホンで聞きながら文章化していく仕事です。これなら家でもできるし、何かあってもすぐに娘を迎えに行けると思い、早速研修に通い始めました。2週間の研修の後、ある程度早打ちができるようになり、短い会議のテープを持ち帰って打ち込む作業を始めました。

夫は、私が仕事をすることも、家で仕事をすることも、娘を保育園に通わせることも、何に対しても何も言いませんでした。「反対もしない良い人だ」なんて思ったものです。本当は、何も考えていなかっただけかもしれないのに……。

それからは、毎日忙しい日々を過ごしながら、休みになると3人で出かけることも多くなりました。ですが、3人で出かける先は、いつも夫の好きな場所。彼が提案する場所は、遠くの繁華街であったり、遠くのお食事処、はたまた富士山や家電量販店。とても幼い子どもを連れて気軽に行けるような場所ではありません。富士山など、自宅からは車で5時間はかかろうかという距離。まだ幼い娘を連れて行くことに、誰が喜んで賛成するでしょうか。私が、

「遠すぎる。この子を連れて行くには無理がある」

と言うと、

「お前は何でも反対するな。まったく面白味のないやつだ。行けば絶対娘も喜ぶのに」

と。そう言われた私は、いつも「悪いことをしたな。喜んでついて行けばよかった」と反省したり。結局それでも行くことになるのですが、予想通り車内では娘は退屈でぐずりだし、それをなだめるのも私、途中でトイレに連れて行きたいからとお願いするのも私、到着したころにはクタクタです。

そこから夫は、楽しげに山に登ったり写真を撮ったりするのです。まったく私たち二人のことは頭の片隅にもないように。そこからまた帰りの車に乗るのです……。休日はほとんど、このようなお出かけでした。ですから、私はいつも「休日は疲れる。仕事をしているほうが楽だ」と思っていました。

夫は遠く以外にも家電量販店が大好きでした。これまた休日に、私たちを連れて家電量販店に行き、自分はずっとパソコンやゲームを見て回るのです。幼い娘が、こんな場所を喜ぶはずもなく、そこでも私はいつも夫の後をぐずる娘の手を引いてついて行きました。彼は後ろを振り向いて私たちの様子を見るということをしなかったので、いつの間にか夫を見失い、探し回る羽目になりました。こんな休日、楽しいはずがありません。

〈ロサンゼルス〉1998年

娘が1歳半のとき、私たちは3人でロサンゼルスに旅行に行きました。幼児を連れての海外旅行、私は一抹の不安がありましたが、二人いれば娘の面倒は見られるだろうと思い、行くことを決めました。

夫は海外に行くとなると、行きの空港から楽しみたいタイプ。私も空港でゆっくりできるのならそうしたいです。新婚旅行とかはそうできましたけど。二人だったもんね。このときは1歳半の娘が一緒なのに、彼は一人で空港を隅々まで探索し、ラウンジも堪能し、食事とか買い物も気ままにやっている。私は娘のことがあるので、とりあえず娘がご機嫌でなければ自分のことなど後回し。なので結局、夫には「一人で行ってきて。私はここでこの子と待ってる」となる。とっかかりの空港で、すでにこの状態。

飛行機の中でも、娘に食事をさせるのも、ぐずっている娘をなだめるのもすべて私。その間夫は何をしていたかというと、優雅に食事をしたり、映画を見たり。少しは娘を見ていてくれと頼むと、

「映画が終わったらね〜」

とまったく悪気も気遣いもない。

おかげで、私は12時間ほどのフライトのほとんどを後ろで娘を抱いて過ごしました。その間に、夫が様子を見に来たことは一度もなかった。そんな夫なのに、私は「男の人はみんなこんなものだろう」と、自分から良いほうへ考え、うちだけじゃない、みんなこんな気持ちなんだ、みんな頑張っているんだと自分に言い聞かせていました。

そんなこんなで、すでに疲れ果てた私ですが、ようやくロスに到着し、ホテルに着いてほっとしたのも束の間、娘が発熱。娘をベッドに寝かせ、夫に「私はこの子に付いているから、一人出かけてきて」と夫を送り出しました。長時間のフライトで、娘も疲れたのでしょう。ずっと泣いていましたから。こんなに遠くまで連れてきてし

まってごめんねと、ずいぶん反省しました。

ですが翌日、娘の熱も下がり、無事に3人で出かけることができました。娘には本当に「ごめんね、ありがとう」という気持ちでいっぱいでした。実は私、この旅行ではっきりと覚えているのはこの「機内〜発熱」の間のバタバタだけで、楽しかった思い出はほとんど思い出せません。よほど疲れたんだと思います。

その後も、私が覚えているのは大変だった思い出だけです。駐車場で車が見つからず探し回ったこと、ショッピングセンターが砂漠の中にあり、着けるかどうか不安だったこと、ディズニーランドで長い列に並び、娘が寝てしまって重かったことなど。このときのことを、よく夫は聞いてくるのですが、私が、

「よく覚えていない」

と言うと、

「お前はどこに行ってもなんにも覚えてないな。行った意味がない」

と言いました。あなたがもっと協力してくれてたら、もっと良い思い出がいっぱいできたんだよ!!　私に良い思い出はないのは、あなたにも責任がある……いまならそう言ってやりたいです。

〈引っ越し〉1998年

そのころ私たちは、夫の会社のある、地元からは遠く離れたところに住んでいたのですが、私はこの土地が嫌いでした。その理由の一つは、夫が浮気をした現場だということでした。もう相手の女性は退社して、家も引っ越しました。地元に帰ったのです。

だけど、私は不愉快なあの出来事以降、夫を心から百%信用できなくなったこの場所で、いつまでも暮らしていくのが辛かった。夫はもうこのときには、あの浮気事件について話題にすることはまったくありませんでした。ですが私には、何年過ぎようとも、子どもが生まれて成長しようとも、心の中から消えてなくなることはない出来事です。本当に人間不信、絶望、あきらめなどいろんな感情が渦巻いた、本当に辛い出来事でした。

そういうこともあり、私はこの土地を離れたいと夫に訴えました。地元に近い事業所に転属願を出してくれと。そのとき私は、夫の浮気があって、この土地にはもう良い思い出がないからここを離れたいとは言えず、単にここになじめないから引っ越したいと言いました。普通なら、きっと「ああ、自分があんなことをしでかしたから、ここにいるのが辛いんだな」と察してもおかしくないと思います。

だけど、夫はそんなこと察するわけがありません。私の言葉を真に受け、ここが嫌いだから引っ越したいんだとしか思っていませんでした。

「僕はここが好きなんだけどなぁ。なんで引っ越したいの？　意味がわからない」と。本当にわからないのだろうか？　ここであの女と3人で過ごした日々を忘れてしまったのだろうか？　この家で、頭が真っ白になり、未来に絶望したあの出来事を本当にもう微塵も覚えていないのだろうか？

よく言えば、夫は過去にこだわらない、潔いとでも言うのでしょうか。でも、自分がやらかしたことをまったく覚えてもいないし、悪いとも思っていないことが、果たして潔いことなのか。仮に私が「もう全部忘れた。もう過去のことだ。前を向いて頑張ろう」と言ったのなら、それは潔いのかもしれません。相手を許し、前を向こうとしているのだから。でも、当の原因をつくった本人が忘れることが、果たして潔いのか。そこには「反省」も「後悔」もない。

こうして、私たちは4年半住んだ土地を離れ、少し地元に近い場所に引っ越すことになりました。そこは夫の会社の社宅で、かなり年数が経過したボロ社宅。あまりにひどかったので、私たちは家を建てるという計画を立て始めました。家を建てるには、住宅ローンを組むことになります。

そのころの夫の会社は、一部上場の大企業。ローン審査はすぐに通りました。25年ローンという、大変先の長い、言ってみればとても責任の重い、未来の見通しが立てづらい長期の借金を背負いました。普通なら、住宅ローンを組んだという事実は、多かれ少なかれ重荷となって気持ちの中でも自覚するものだと思います。

私は、そこからの25年を、少なくとも二人で責任を持って仕事をしなければならないし、子どもの教育費や家の維持費なども頭に入れて計画的に生活設計をするということが常識だと思っていました。だから、あえてそんなことを夫に確認もしなかったし、当然わかっているものと思っていました。

こうして1999年3月、二人目の子どもを妊娠したことがわかったとき、マイホームが完成しました。

〈二人目の子ども〉1999年

上の子が2歳になってしばらくたったころ、下の子の妊娠がわかりました。正直、子育てが（一人でやっていたため）予想以上に大変だったこともあり、二人目は考えていませんでした。でも、予想に反して二人目の妊娠が判明。ビックリはしたものの、やはり子どもを授かったとなると嬉しい気持ちもありました。これを夫に伝えたとき、彼が最初に言った言葉。

「え？　誰の子？」

冗談のつもりなのか、本気なのか。彼はよくこの手の冗談を言いました。ものすごく趣味が悪い。自分はアメリカンジョークだと思っているらしいが……それを言われた相手が、どんな気持ちになるのかを考えたことがあるのだろうか。

そんな彼を無視し、私は妊婦生活に入りました。二人目は、さすがに初めてのときと違って、妊娠期間中も快適でした。つわりもなく、体重もそれほど増えず、保育園に行っている上の子を待つ間は、のんびりと妊婦生活を楽しんでいました。

それから家が完成し、間もなく二人目を出産するために実家に帰省しました。2度目はさすがに夫も学んだのか、早めに来て病院で待機していたにもかかわらず、生まれる瞬間には夕飯を食べに出かけているというまぬけな事態に。看護師さんに確認なり、何なりすればいいものを、こういうときだけ自己判断で動くからなぁ……タイミング悪いというか、空気が読めないというか。次女が生まれ、顔を見た夫は「ガッツ石松」に似ていると。もちろん名前は「ガッツ」ではないにも関わらず、彼はいまだに次女を「ガッツ」と呼んでいる。いまだに！

私が実家に帰っている間、彼は一人で新築の家にいたのですが、とにかく何がどこにあるのか知らない（というか、何度教えても覚えない）ので、家じゅうの戸棚や引き出しにシールを貼り付け、中身を書いておきました。

これだけしても、彼は何度も実家に電話をかけてきました。そして一度教えても、翌日にはまた同じ質問をするのです。こんな人だったにもかかわらず、私は自分で男なんてどこもこんなもんだろうと思い、違和感は持たなかったのです。世の中の普通の男性を知らなかった、私の浅はかさです。

次女が生まれて数週間したころ、私は新築の家に帰りました。家の中は荒れていましたが、これも想定内。手早く片づけを済ませ、家族4人が暮らせる空間を取り戻しました。

そこから育児は二人になり、やはり一人のときよりも数倍大変でした。次女は早朝から起き出す子で、数ヵ月間、朝は4時起きの生活でした。その間も夫には、いくら夜中に娘が泣こうとも、起きてあやそうとか、私の身を案じようとか、そんなそぶりはまったくありません。それどころか、赤ん坊の泣き声がうるさくて、翌日の仕事に差し支えるからとさっさと自分の布団を抱えて隣の部屋に移りました。

次女が9ヵ月になったころ、私は仕事に復帰しました。いま思えばですが、子どもを二人、それも乳幼児を二人育てることは、夫婦で協力できていたら、あれほど辛くはなかったのでしょうね。カサンドラにありがちな、まったくのワンオペ育児でした。

二人の子どもを育てながら、仕事もする。毎日あっという間に日が暮れ、クタクタに疲れていました。土日ぐらいは子どもを連れて公園にでも行ってくれればいいものを、決して自分から子どもと関わろうとしない夫でした。私が頼めば公園ぐらいは連れて行けます。行ってどう過ごしていたかは定かではありませんが、きっと目を離しまくっていたのでしょうね。危ない、危ない。公園には行けるけど、ほんの数分で帰ってきました。もっといろいろ工夫して遊んでやればいいのに。不器用というか、要領が悪いというか、とにかく子どもと仲良く遊ぶことはできない人でした。

私の理想の休日は、家族でお弁当を持って公園へ出かけ、お父さんと子どもが仲良く遊んでいる図。思い出す限り、そんな経験は結婚以来一度もありません。子どもを公園へ連れて行こうとして、彼を誘うと「行きたくない」と言いました。

そんな近くの公園なんてつまらない、もっと遠くの（自分が）楽しいところへ行きたいと。また長女のときと同じことを言います。もう、あのときと同じ疲労感は感じたくなかったので、夫と一緒に、夫の提案でどこかに行くことはありませんでした。どうせまた、あり得ないような距離の場所とか、あり得ないような繁華街、家電量販店に行くに決まっているのです。

このころから、子どもを連れて公園に行くのは私の仕事になりました。公園も、お花見も、秋の紅葉も、夏のプールも、何もかも一人で連れて行きました。ご近所のお友達ができても、私がみんなを連れて行きました。

これは、子どもたちが中学生になるころまでずっと続きました。そのとき夫は、いつも家でゲームばかりしていました。まるで私たち3人がいないかのように。まったく私たちには関心を示しませんでした。

〈二人の保育園時代〉2000年

子どもたちが保育園に行っているころ、保育園の行事には夫も言えば参加しました。

自分から行きたいと言うことはなかったけれど、行こうと言えば一緒に行きました。運動会なり生活発表会なり、行くとビデオやカメラが必要になる。これがクセモノで……。

夫はこういう機械類が異常に好きで、ビデオやカメラを買うとなると、そのことで頭がいっぱい。買うと決まった日から数日は、ずっとそれを調べています。私が「高すぎる」とか「そんな高級機はいらない」と言うと、

「じゃあ、それできちんと撮れていなかったらお前が責任取るんだな?」

と言います。結局いつも、なんだかんだ言ってランクの上の機種を買う羽目になります。こんなことで、いつもいつも無駄な出費がかさんでいました。何かにつけ最新機種が欲しいと言い、テレビでもビデオデッキでも、スピーカーや携帯、すべてにおいて最新機種が欲しい。そしていつも私が止めると、

「もしこれを買わなくて、○○になったらお前が責任取れよ」

と言い、結局買う。この繰り返し。そんなこんなで、最新機種のビデオカメラを持ち、自分の子どもを撮る。よくある休日のお父さんの姿です。このころはまだ、一番子どもに興味があった時期だったといまは思います。

だんだんと子どもも自我が目覚め、親の言うことを丸ごと受け入れることがなくなってきます。そうなると、もう夫の手に負えなくなっていったのです。言うことを聞かず、家や車内で騒ぐ子どもに怒鳴ることも多々ありました。

怒鳴るのであれば、なぜいけないのかを説明するのが親の役目。なのに夫は、自分のゲームの音が聞こえないとか、テレビの音が聞こえないという、自分の行動を邪魔されることに怒鳴るのです。そんなことのために小さい子どもを怒鳴っても、子どもは怖いことしか認識しません。怖がらせてやめさせても、子どもはなぜいけないのかは学んでいない。何の学習もしません。

それればかりか、夫は怒鳴ることに一貫性がなく、自分が困っていないときは子どもがいくら騒ごうが何とも言わないのです。ぼ～っと見ている。怒りもしない。私は夫の怒りの地雷の場所がわからず、子どもと夫が一緒にいる空間ではものすごく気を遣うようになりました。いま騒ぐと怒鳴るのか、それとも何も言わないのか。いま、この車内で大きな声を出したら怒鳴るのか、それとも何も言わないのか。一貫性がないので、いつもビクビクしていました。

そんなことがずっと続き、私はいつのころからか、夫と子どもをなるべく離して育てるようになりました。そうしないと、いつ何時子どもが怒鳴られるかわからない。毎日気が気ではないのです。その手段として、夫のパソコンを2階の部屋に移動させ、下のリビングと切り離しました。これで、すごく1階が快適になりました。

ですがしばらくして、俺だけ一人2階ではつまらない。やはり1階でゲームがしたいと言うのです。あまりにしつこいので、子どもに怒鳴らないという条件で1階に移動させました。それからは、夫は1階のリビングで一人ゲーム、子どもたちはその周りで勝手に遊んでいるという日常がやってきました。1階でゲームをするのも2階で一人でするのも同じだと思うのですが、なぜか夫は1階に下りてきたがりました。どうせ子どもに関わることはないくせに、なぜわざわざ騒がしい1階に来て一人でゲームをする必要があるのか、私には理解ができませんでした。どうせ子どもが話しかけたら怒鳴るくせに。

そのため、子どもたちには、

「お父さんには話しかけないようにね。邪魔すると叱られるよ」

と言ってありました。事実、子どもがゲームの邪魔をすると決まって怒鳴りました。こんな状況でしたので、家はまったく安らげる場所ではなかったのです。いつも3人に気を遣い、子どもたちが叱られないように目を凝らし、ひとときも休まる時間はありませんでした。

また、夫は自分が必死でやっているゲーム中は、こちらから重要な話を持ちかけても聞きません。それがたとえ家族の重大な出来事に関わることでも、です。聞こえているかもしれないと思って話すと、決まって後から、

「聞いていない」

と言います。家族で食卓を囲み、学校の話や友達のことなどを話していても、彼は何も聞こえていないのです。まさか聞こえていないなんてことがあるはずないとこっちは思っているので、子どもが保育園のお泊り保育なんかでいなくなっても、夫はい

ないことすら気づかず、帰ってきたころに、

「どこ行ってたんだ？」

と言うような始末。あれだけ食卓で話していた話題にも関わらず何も聞いていないのです。2日間、子どもがいなくなっても、そのことをさんざん話していたことも、何も気づいていない。これは、子どもが修学旅行のときも、林間学校や自然学校などでも同じです。子どもがいないことすら気づかない。

最初は能天気な人だなぐらいに思っていましたが、こんなことが続くと、さすがに「家族がいないことに気づかないなんて、家族に関心がないんだろうか」と思わざるを得ませんでした。

〈家族旅行〉

こんなおかしな家族でしたが、一応家族旅行らしきものも経験してきました。もちろん車内では、子どもたちが騒がないように注意しますが、その前の行先を決める段階で、彼は何の提案もしないくせに、その場所は○○だから面白くないとか、近すぎるとか、夫の興味あるものがないところはことごとく反対しました。結局、いろいろ探して、夫の行きたいスポットもあるし、途中に子どもの喜びそうな場所もあるというようなところを選んで行きました。

夫の好みは、例えば洞窟や山。しかも、遠いところという条件付きです。ですので、できるだけホテルはプールが付いているとか、面白そうなイベントがあるとか、子どもの好みそうなところを組み合わせました。

いま思えば、とにかく夫と子どもたちの機嫌を損ねないように旅行をしていました。私が本気で家族旅行を楽しんだことなど、このころは一度もなかったと思います。行く準備で疲れ、道中で疲れ、ホテルでも疲れ、帰って来てからの片づけに疲れ。旅行は疲れるものというのが当たり前でした。

それでも、家族4人で過ごした記憶は、私には過酷な思い出となっていますが、子どもたちには楽しかった思い出として残っていると、いまになって娘たちに聞いたことで、私がこのとき頑張ってきたことは実を結んでいるのだなと嬉しく思うのです。ただ、このような旅行計画を立てる段階の苦労とか、車内での苦労、着いてからの苦労などは、子どもたちはまったく知りません。だから、娘たちはつい最近まで〝父親と母親が一緒の楽しい旅行〟として認識していたようです。

これを知ったとき、私は意外だったのもありますが、私のしてきた努力が娘たちには気づかれることなく、ごく自然な「家族旅行」としての記憶になっていることに、自分の功績を称えたいような気持ちになりました。あんなに苦労して4人で過ごしたことが、子どもたちにとっては良い思い出となっている。ならば、私は辛かったけれど、やってきたことは間違っていなかったし、きちんと子どもたちの「家族の思い出」として残っていることに誇りを持っています。

家族の中で、私だけが疎外感を持つこともありました。子どもには夫の異様さは、実感としては伝わらないので、私だけが父親である夫をキツい言葉や言い方で傷つけているというような感覚が、きっと子どもたちの中にはうっすらあったと思います。それが、いまになって、子どもたちと当時のことやいまの夫の状況を話すとき、どんどん誤解が解けていく様子が面白くもあり、楽しくもあり、幸せでもあります。

「そっか、お母さんはお父さんに厳しかったわけじゃないんだね。そうせざるを得なかったんだね。なるほどね、いまならわかるわ」

そう言ってくれる娘たちとは、いまは本当に良い関係です。二人とも、

「お母さんが大好き」

と言ってくれます。

こんなに長い間、得体のしれない溝が母子の間に存在することは、この異様な経験をした人にしかわからないし、その誤解が解けたときの爽快さもまた、こんな異様な経験をした人にしかわからない。

いま、悩んで苦しんでいる皆さんも、子どもたちとの関係に自信を持って付き合っていれば、いつかきっと母親の気持ちは通じます。だから、決して子どもたちをあきらめないでください。自分を誤解していると感じているのであれば、その誤解をどうか解いてください。本当に信頼関係のしっかりした親子であれば、きっとこれはでき

ると確信しています。誤解されたまま別れるとか、付き合いが疎遠になるなんて、実の子どもなのに残念過ぎます。時間はかかるかもしれませんが、子どもとの関係は絶対に強固なものです。縁は消えないのです。

いま、もし子どもたちに気持ちが通じていないな、愛情が伝わっていないな、子どもとの関係がうまくいっていないなと感じることがあっても、将来、どこかのタイミングで、たぶんベストなタイミングで子どもにはそれが伝わっていたんだということを実感できるときが来るはずです。

〈1度目の退職〉2002年

夫は、新入社員のころから10年、一部上場企業で働き、浮気事件以降、私の希望もあり、転勤になりましたが、会社には楽しそうに行っていました。愚痴は言わなかったです。だから私も、会社は問題ないのだろうと思っていました。マイホームも購入し、会社も順調、私も仕事が決まって順調に回っていたのですが……。

あるとき、夫は転勤を言い渡されました。そこは、新居のある場所からは通えない距離です。仕事内容も若干変わるという話でした。ただ、私にしてみれば、転勤はサラリーマンにはつきものだし、このころから夫は何の頼りにもなっていなかったので、別に単身赴任になっても一向に構わないと思っていました。だけど、夫は、

「この家から通えないのは嫌だ。仕事内容も変わるし。会社を辞めたい」と言い出しました。上場企業、その安定の給与をあてにして家を建てたわけです。私も派遣社員だったため、安定した収入はありません。いつ派遣切りに合うかもしれないのです。

悩んだ挙句、結局働くのは夫。嫌な場所に無理やり通うことはかわいそうだ、本人が嫌だと思っているなら辞めることも仕方がないのかも……という結論に至りました。ただ、家のローンはいまの給与水準を維持できなければ払えません。夫には、辞めるのは次の職場を見つけてからという条件を出し、私もいまより給料の良い仕事を探すことにしました。

それから数ヵ月後、すごく小さい会社でしたが、夫を雇ってくれるところが見つかり、私はそこの地元の小学校で講師の仕事を見つけました。二人で働けば、なんとか以前の収入は確保できるだろうという見通しを立てました。そして彼は、最初の転職をしました。

新しい会社は、いままでのような大企業の事業所ではなく、個人経営の小さな会社。働く人は地元の人や、社長の親族一家。夫は、いままで恵まれた環境にいたことをたぶんこのとき気づけばよかったのでしょうが、以前の会社でのことはもう彼には過去のこと、いまの会社への不満ばかりが募っていったようです。家でも会社の社長やその娘の愚痴ばかり。

大企業の恵まれた環境を離れ、親族経営の会社に入って、人の粗が見えるのは仕方のないこと。それでも自分が辞めたいと言ったのだから、それは自分の中で消化すべき問題です。大企業を辞めるということは、それなりの覚悟が必要なことです。家族を養うということは、責任と覚悟が伴います。それを自覚せず、転勤が嫌だから辞めたいと言った自分のことを、このとき反省すべきだったのです。誰のせいでもない、自分が決めたこと。新しい会社が悪いのではない、しっかりとした見通しも立てずに会社を辞めた自分の責任です。

この会社での生活は、それほど長くは続きませんでした。給与も以前とは違い、不安定な上に、昇給もほとんどない。そんな中で住宅ローンもあり、子どもも二人いる。夫の転職に合わせて私がそれなりの給与の教員という職に就いてはいたものの、講師という不安定な立場の上、子どもの調子が悪いときは私が面倒を見ることが多く、一人で安定した仕事と子育てを両立させることは難しいことでした。

毎月のローンが負担で、これ以上無理かもしれないと、眠れないこともありました。そのことを夫に相談しても、まるで人ごとのように、

「じゃあ、どうすればいいの?」

と。どうすればいいか聞くのではなく、どうすべきかを二人で考えるのではないのでしょうか?

こんなときも、私は一人で今後の家計の管理についていろいろと調べ、なんとかこ

のまま家を維持できるように踏ん張りました。夫の実家の援助もあり、なんとか数年はこの状態を維持しましたが、夫の会社がこれ以上昇給も見込めない上に、仕事も減ってきて、このままでは本当にローンが払えなくなりそうな状態になり、夫は2度目の転職を決めました。

〈2度目の転職〉2006年

それから間もなく、夫は給料の面で不満があると言い、2度目の転職を決めました。決めました、と言うと、自発的に決めたような感じですが、いつも夫は何か決めるときは私に、

「どう思う？　どうすればいいと思う？　給料はどれくらいあればいいと思う？　場所は？　内容は？」

何一つ自分で決められません。夫婦で相談するというよりは、私に丸投げするという感じです。

辞めたいならそれなりに覚悟がいるはずなのに、そんな深刻さがまったくなく、決定権を私に持たせて、自分は「どっちでもいいから、決めて」という態度。一家の大黒柱のくせに、まだ20年以上あるローンのことなどすっかり頭から消えています。職場を変われるということが、まるで楽しい行事のようにも見えました。

今回も私は、夫の代わりにいろんなシミュレーションをするのです。私の収入とあといくらあればこの家を維持できるのか、これからかかってくる教育費や生活費のこと、そんなことは何も考えてくれません。

「辞めたい」

と言うだけ。それだけ。あとは私が何とかしてくれるだろう……そう思っているように見えました。ここでも私はいつものように、

「しっかりしてよ！　ここでウダウダ言っていても仕方ないでしょう！　辞めたいならまず行動。職探ししないと。きちんと今度こそ納得のいく職場を探して！」

と発破をかけるのです。

年齢的にも、これが最後の転職になるだろうと思いました。地元で探しましたが、田舎で人口も仕事も少ない上、転職も2度目となるとなかなか良い条件の仕事は見つかりません。そこで、マイホームのある土地を離れ、人の多く集まる都会の技術者向けの転職支援センターに登録し、良い条件の会社を探し始めました。探し始めました、と言うと自発的なように聞こえますが、このときも私は彼に頼まれ、一緒に登録に行きました。まるで、母親に付き添われている子どものようです。

登録してしばらくたったころ、私の実家のある街で、ある会社が人材を募集しているという情報をいただきました。ですが、そこにもし行くとなると、せっかく買った家を手放すことになります。家のローンを払うために転職するのに、家がなくなって

は本末転倒です。

でも、いまの夫には「給料が良いところ」ということにしか目がいかず、本来の目的であった「家のローンのために」という部分がきれいさっぱりなくなっていました。とりあえずそこを受け、結果を待ちました。二次面接、三次面接と進み、なんとそこの会社に採用が決まりました。

夫は、そのころ技術職として働いていましたので、自分のできる仕事というのがある程度わかっていて、専門的にそれができる即戦力ということで採用していただけたのだと思います。給料面でも申し分ない。でも……せっかく建てた、私たち家族の家を、このお城を手放さなければならなくなりました。家を建ててから7年がたったころ、私たち家族は私の実家のある土地へ引っ越すことになりました。

引っ越すのは、子どもたちの進級に合わせて3月ということに決め、それまでは夫が自分の実家から会社へ通うことになりました。このときも、家を売る手続き、引っ越しの手続き、転校の手続きなど、あらゆる手配は私がやり、夫はサインするだけ。「世帯主」という肩書だけで、すべての契約の最後には夫が名前を書くのです。手続きはすべて私がやったのに。

引っ越しまでに運よく家も売れました。寂しかったですが、こうなってしまったものは仕方ありません。3月までの間の数ヵ月間、夫は新築の家を離れ、プチ単身赴任をすることになりました。思えば、このときはものすごく快適で、生活がものすごく楽でした。シンプルで快適、子どもと3人、何不自由なく過ごしました。楽しい数ヵ月間でした。

それでも徐々に引っ越しが近づき、私は一人で荷物の準備をし、引っ越しごみも一人で処分し、転校、ご近所とのお別れ、私も退職し、そんな手続きも何もかも一人で済ませました。一軒家の引っ越しは本当に大変です。何度か引っ越したけれど、思い返せばこの準備はいつも私一人でやっていました。大変な作業でしたが、無事に引っ越しが終わり、いよいよいま住んでいる家にやって来たのです。ここに引っ越してからの12年が、私にとっては結婚生活の中で一番辛く長いものになりました。

〈地元での生活〉2007年

夫の2度目の転職で、私は実家のある土地へ帰ってきました。結婚して13年が経っていました。

しばらくは順調で、夫も新しい職場では忙しいながらも文句も言わず、まじめに会社に行っていました。私は、実父の経営する会社に、ちょうど事務員が必要だということで、すぐにそこで働き始めました。本当は、また小学校で働きたかったのですが、父の会社で働くことで、少しでも恩返しになればいいなという思いで始めました。

彼にはころころ変わる趣味が多くあり、マイブームが去ると、見向きもしなくなります。が、あるとき、急に思い出したように再開すること（まったく行動が読めません）があり、その道具を揃えるのに忙しい。このときは「サバイバルゲーム」です。大人のかくれんぼ。それも、おもちゃの銃を持って。

興味のない私からすればばかばかしい以外の感情はありませんが、その間は家にいないので、こっちも助かります。お金もかなりかかる趣味でした（大体、彼の趣味はお金がかかります）が、私の平穏を考え、止めることはしませんでした。

しかし、毎週毎週飽きもせずに、ドロドロに汚したウェアーを持って帰ってきます。子どもか！　それを玄関前にどさっと置き、いかにも「行ってきてやったぞ！」と言わんばかりに放置するのです。これを自分で片づけるなら、まだかわいげもある。だけど、帰ってきて放置。毎回、これには腹が立ちました。なんで後始末は私？？　だけど、片づけるように言っても、結局場所を移動させるだけで、まったく片づいてなんかいない。こんなんじゃ片づけたなんていえない。腹も立つ。もう自分でやったほうが早いしきれいだ……で、結局私が後片付けをする羽目になります。

夫の趣味は、基本オタクが好みそうなものばかりです。結婚当初からゲームは好きで、テレビゲームも、PCのゲームも常にやっている。基本、彼の趣味のベースはゲームです。その間にいろんな私には世にもくだらないとしか思えない趣味を挟むのですが、まずは前回書いた「サイバルゲーム」。この楽しさは、いまだに不明。人の趣味にどうこう言いませんが、夫と私は、趣味がまったく違います。

次は「ライター収集」これもまた多額の資金が必要です。一個数千円から数万円、海外からも取り寄せ、国内では、たばこ屋やライターショップを巡る。よく子どもたちを連れて付き合わされました。まったく面白くもなんともなかったです。結婚前は、きっとこういう特殊な趣味を隠していたんだと思います。一度もやったことも、話したこともありませんでした。

その次が「カメラ」。カメラも、単に撮影が好きなのではなく、カメラの本体とかレンズを集めるのです。カメラは、本体よりレンズのほうが高額です。家の事情もありますので、そんな高額なレンズは買えません。それに、素人がそんな高額なレンズを持って、どう使いこなせると言うのでしょう。

私が必死で止めるのですが、止めているうち、自分が何だか悪いことをしているような気持ちになりました。自由に買い物もさせてあげられないのはかわいそう……なんて！　自分だって、そんな夫がいるから何も買えないのに、そんな趣味に走る夫をかわいそうだと思うなんて。でも、ないものはないので、適当に手が出る範囲のカメラやレンズで代用しました。とはいえ、普通の家庭では買わないような高額なレンズです。

その次が、そのカメラを持っての撮影旅行。北海道から北陸、信越、四国に九州。いろいろ一人で旅をしてました。受験や、子どもの塾代、そんなものに多くのお金がいるのに、それをいくら訴えても彼にはちっとも響きませんでした。そのときは、

「わかった」

と言うのに、数時間もすれば、

「今度はここへ行こうと思う」

なんて話をするのです。そして、次はカメラを持ってサンバダンスを撮りに行く。半裸の女性が踊るサンバを必死で追いかけていました。これは、子どもたちもけっこう巻き込まれ、一緒に連れて行かれて、言うことを聞かないと怒鳴られもう二度と行かないと泣いて帰ってくるという……そんな真夏に裸の女性の間を引っ張りまわされ、挙句に言うことを聞かないからと叱られる。まったく面白くもなんともなかったと思います。

その次は、そのカメラで女子サッカーを追いかける。この女子サッカー、のちに私が最もキレた事件へと発展します。女子サッカー熱はなかなか冷めず、かれこれ3年ぐらい続いたでしょうか。

〈夫の外面〉

私たちは実家の隣に住んでおり、私の両親や兄弟とも顔を合わせることもありました。ご近所付き合いも、子ども関係の行事などで私たち夫婦の出番もあります。

夫は、家以外では至極普通の、いわゆるマイホームパパに見えました。もちろん私に大声で命令することも、子どもに怒鳴ることもなく、むしろ笑顔で行事には参加できるのです。しかも、外では妻のことも持ち上げ、良い夫も演じることができますし、家族に興味がないようなそぶりもありません。周りと話を合わせることもできるのです。

　私の両親に対する態度も同様に、会えば会釈、話しかけられれば受け答えもし、兄弟たちにも返答はできました。ただ、夫の方から話を持ち掛けたり、何かやってあげようということはありませんでした。言われれば応える、言われればやる。

　ですが、地域の掃除にも自ら出ることもないですし、そういう日には自分の趣味の予定を入れ、むしろ家にいないようにしていました。子どもの運動会や行事でさえ、自分の趣味の予定が先でしたから。私の記憶では、子どもの運動会に最後までキチンと参加したことなど、ほとんどないと思います。最後までいれば逆に、ものすごく不機嫌になり、

「つまらない1日だった」

　と吐き捨てるように言うのです。

　もちろん、子どもの学校や塾の面談など、行ったこともありませんし、行きたいと言ったこともありません。仮に行ったとしても、普段の子どもの様子など気にしていないので、担任とまともに話などできるはずもないですが。たぶん、帰ってから「担任に○○の注意をされた。お前はどんな教育をしているんだ」なんて言われるのがオ

チです。

　こういう夫でしたし、私も夫婦の悩みを周囲にそれほど深刻に相談したこともなかったため、家族も友達もご近所さんも、夫の外の顔しか想像できませんので、ご近所からは「良いご主人ですね。優しい方ですね」などという評価をもらうこともしばしばありました。そのとき私は、自分の我慢が足りない、もっとこの人を理解しなければと、自分を責めるのです。と同時に、私のこの気持ちを理解できる人など、どこにもいないという孤独感に襲われました。

〈夫と子どもたち〉

　夫は、子どもが自分の意思で動くようになる小学生のころから、あまり関心がなくなっていったように思います。たぶん、子どもの動きが予測できなくなって、手に負えなくなってきたのだと思います。そしてときには親に反抗もしますし、機嫌の悪いこともあります。

　そんな子どもたちの言動を、夫は自分の機嫌によって怒ったり、無視したりしました。決して一貫した方針があるというわけでもなく、単に自分のゲームの邪魔だから怒るとか、邪魔になっていないから何も言わないとか。普段は子どもに話しかけることもほぼない夫でしたが、子どもがゲームに関心を示し、喜んで見ているようなときは一緒に楽しそうに時間を過ごしていました。それでも、一緒に遊ぶというよりは、自分がプレイしている様子を子どもに褒められると嬉しいというような反応でした。

いつも子どもと過ごすときはこんな感じで、自分の趣味に子どもを付き合わせる。野球やサッカー観戦に連れて行ったり、サンバの撮影に連れて行ったり。子どもが喜びそうな場所に連れて行くとか、家族でハイキングや海や公園で過ごすというような行動はしない人でした。たまに遊園地やプールに家族で行くことになるのですが、子どもの聞き分けが悪いとか、渋滞に巻き込まれるとか、待ち時間が長いとかという些細な出来事で夫の機嫌が悪くなり、子どもに当たったり、途中で帰ることになったりしたことも多々あります。

そのたびに、子どもと夫の間に入り、子どもに被害が及ばないように守ってきました。それが夫には気に入らなかったのだと思います。私はいつも子どもに甘いダメな母親と言われていました。

子どもに対する対応について、私は夫に何度も話をしました。子どもはこんなもので、思うように動かないのは当たり前。それを理解せず、いちいち感情だけで怒っていたのでは子どもにも悪影響だと。次回はもっと臨機応変に大人の対応をしてほしいと。こういう話をすると決まって、

「それならもうお前が一人で連れて行け。一人で好きなように育てろ。俺はもう知らない。いつもお前は子どもに甘い。だからあんなふうに聞き分けが悪い子どもに育っ

たんだ」

と言うのです。話し合いにはなりませんでした。いつも持論の押しつけでした。

中学生や高校生になると、ますます親の言うことは聞かなくなり反抗的になるものですが、これも夫には理解できないらしく、そういうことはすべて私の育て方のせいになります。成績が思わしくないときなど、運悪く夫に成績表を見られたりすると、

「ほら見ろ。お前がちゃんと勉強させないからだ。部屋に閉じ込めて出すな。そうでもしないと勉強なんかしない！　携帯も取り上げろ！」

などと、悪い部分だけを取り上げて責め立てるという考え方の人でした。

そして、そういう彼の意見は、決して自分で子どもには言わずに、私から言うように迫るのです。子どもには嫌われたくないのか、彼の気持ちは理解できませんが、間に挟まれた私はいつも子どもには彼の意見はまったく伝えませんでした。私は彼の意見とは違う。目先の状況を責め立てても何の解決にもならないばかりか、子どもとの関係を悪化させることは目に見えています。

だからいつも私は、一人で子どもたちの成績の問題や進路の問題、友達や学校でのトラブルまですべて引き受けていました。夫は子どもたちに直接批判や強制的な発言はせず、いつも何も言いません。彼はすべて私にぶつけてきました。だから、子どもたちにはうるさいお母さんと何も言わないお父さんという構図ができ上っていました。

ですから余計に、反抗期にはかなり二人とも私に突っかかってきたように思います。

「お前が勉強させないから、こんな学校にしか行けないんだ。こんな学校に行っても意味がない。金の無駄だ」

こんなこと、絶対に子どもに直接言えるはずがありません。彼は、子どもたちがそこにたどり着くまでの努力など一切見てこなかったのですから。そこまでどれだけ頑張って、泣いて、逃げ出したり、眠れない夜を過ごしたりしたかなど、まったく見てこなかったのだから。結果だけ見て、それを非難することなど私にできるはずがありません。

結果的に、私はこういう方針でやってきたことを正解だったと思っています。私が夫と同じように目の前の状況を見て子どもを攻撃していたら、子どもの行き場はなくなります。子どもを認めてくれる大人がいなくなる。家族でも、害があると思えば離すほうがいいと私は思います。親だから正しいとは限らない。間違っていることだってある。私は、夫に同調しなくてよかったと思っています。

たぶん、うちの娘たちは父親の真の愛情を知らないと思います。本当の愛情とは、ものすごく心地良い、とてつもない安心感があるものです。モノを買い与えたり、送り迎えをする、そういうことではなく、本当に心の底から子どもを愛するということが夫にはわからなかったんだと思います。だから、それなりの関わり方しかできなかった。それを夫は愛情だと思っていただけだから、彼も別に悪いわけじゃない。ただの勘違い。思い込み。それはそれで、もういいんです。もう終わったことだから。

でも、娘たちには少し気の毒です。

ただ、愛情なんて親からもらわなくても後にほかの誰かから別のカタチでもらえれば、それでいいんじゃないかと思います。別にそれが実の父でなくてもいい。愛なんて、誰からもらってもいい。自分を愛してくれる存在が、この世にいるという事実が何よりありがたいことなのだから。私たちは誰でも、愛されるべき人間なんです。

だから私は、娘たちがかわいそうだなんて思っていません。愛はどこにでもある！

私も、力の限り愛してきました。それだけで十分。

「この子の親だから、一緒にいるべき」

「親だから、子どもを愛するのが当たり前」

そうじゃない親子だってあると、私は思っています。一緒にいることで害になる関係だってある。私はそう思ったから、必要以上に娘たちと夫を関わらせなかった。お互いに害にならない程度に離しておいた。

子どもの立場で考えると、そうは言っても唯一の父親だから、嫌いにはれないと思う。だから、そのためにも私は夫と娘たちを離して育てました。お父さん、おかしいよねっていうのは、なるべく子どもたちには感じてほしくなかった。親を嫌いになるなんて、やっぱり子どもには辛いことだと思うから。夫の間違った価値観に触れるのは私だけで十分。本気で付き合ったら子どもだっておかしくなる。夫と子どもたちのためにも、その関係を壊さないためにも、接点はなくしたほうがいいと思っていました。

　おかげで、娘たちはいまでも夫のことは嫌ってはいません。変わったお父さんだなと思っているようですが、嫌いではない。子ども目線で本気で遊べる大きな子どものような人ですから。もしいま会ったとしても、普通に笑って話せる間柄だと思います。人に憎しみや怒りを持ったまま会えなくなるなんて、悲しいことですから。そう考えれば、私のやってきたことは間違ってはいなかったと思うのです。

〈3度目の転職〉2013年

　夫が転職して4年ほどたったころ、今度は夫の会社の事業所が閉鎖になることに。遠くへ転属になるか、辞めるか。二択でしたが、変化を嫌う夫は「辞める」ときっぱり。3度目の転職を余儀なくされました。

　そのころ父の経営する会社の経理担当がちょうどいなくなり、夫は私とともに父の会社で働くこととなりました。思えばここからの数年が、私にとって最も辛く厳しい時間となりました。思い出すのもおぞましい、逆切れや責任転嫁の毎日でした。

　いままでとはまったく違う経理という仕事。理系の夫にはちんぷんかんぷんだったのでしょう。おまけに、うちの会社は小さいので、経理にとどまらず、個人のお客さまからの注文をとったり、企業からの電話応対もある。あるときは、クレームの電話に逆切れし、お客さまから相手先の会社にクレームが伝わり、始末書を書かされるという事態も。それでも夫は、悪いのは客のほうだと一歩も引きません。このときも一言の謝罪もなし。向こうが悪いのに謝るなんておかしいと。

また、ときには現場の仕事を手伝うような場面もあったのですが、臨機応変が苦手な夫は、経理の俺が現場を手伝うなんてあり得ない。俺は経理としてここに来たんだと手伝うことを拒否。そのときも、私が何とかなだめ、現場の仕事の手伝いをしぶしぶするようになりました。

身内の会社に置いてもらっているという申し訳なさや、夫の態度の横柄さに板挟みになり、針のむしろのような日々でした。そんな夫の態度をひたすら隠し、すべてをフォローし、社内の人間と夫の間を取り持ち、なんとか夫を会社につなぎ留めておくことに必死でした。この人が仕事ができなくなれば、私たち家族が壊れると思ったからです。そのために、私は限界まで無理をしていました。心身ともにギリギリの日々でした。

〈悪夢の女子サッカー〉

このころ夫は例の女子サッカーにはまっていました。このころは、ちょうど女子サッカーブームで、澤穂希さんたちが活躍していたころです。

最初は土日、徐々に平日の夜も練習を見に行くという理由でグラウンドへ行くようになりました。最初はサッカーの試合を撮影するという理由で、カメラを持って（カメラ以外にも、三脚だのなんだの、リュック型のカバンにものすごい荷物を持って行きます）グラウンドに通っていました。

そのうち、そのサッカーチームのボランティア活動で、試合前にコートの整備とか、ゴールポストの設置、客席の整備、そんなものに行き始め、試合の日は早朝から出かけるようになりました。それだけなら別にいいのです。だけど、朝の準備がうるさいのです！　バタバタバタバタバタ、よくもそんなに音を出せるなぁと言うぐらいにうるさく動き、ようやく出ていくのですが、こっちはせっかくの休みにはゆっくり寝たい。でも、このせいで休みでも早朝に起こされました。寝室までごちゃごちゃ取りに来ます。おまけに「○○どこにある？」なんて聞く始末。早朝に。何度言ってもこれは直りません。本当に迷惑で、私は、

「前日から準備しておいて、当日はそれを持って出ていくだけにして！　本当に迷惑です！」

とキレました。そうすると、その翌日だけはそうするものの、また翌週は逆戻り。そんなことが3年も続きました。

そのうち、彼は試合を見るだけでなく、選手と個人的にラインでのやりとりを始めました。もちろん全員女子。二十代前半。ですが、選手の方も熱心に応援に来てくれ

るお客さんを邪険にはしません。そこに付け込んだのか、悪意なくなのか、頻繁にやりとりをしていました。

しまいには、会社でも選手とやりとり。もちろん、仕事中です。ラインだけでなく、仕事中に次の試合場所の確認（関東から九州、東北まで、日本全国を駆け回りました）をしたり、横断幕をつくったり！　仕事中に！　これには私もあきれて、もちろんやめるように言いました。やめるように言うなんて、情けなくてバカらしくて、子どもじゃないんだから……。そうすると、夫はムッとしたように不機嫌になりました。

それからも、誕生日にはマメにプレゼントをつくり（オリジナルのカップとか！）、○○記念とかのプレゼントを渡し、本当にマメに動いていました。

誕生日にプレゼント？　私や子どもたちには何もないのに？　○○記念？　結婚記念日も忘れる人が？　そのうち、個人的に特定の選手を呼び出し、個人的に会うようになりました。それが発覚したのは、たまたま家のパソコンを立ち上げたら、「このファイルを保存しますか？」というメッセージとともに、その彼女とのやり取りの詳細をご丁寧に別文書で保存したものが画面上に出てきたことが始まりです。私には内緒で、23歳の彼女とずっと前からやり取りを繰り返し、ようやく食事にこぎつけた様子が残っていました。

私は呆然とし、20年前のあの浮気事件がよみがえりました。彼はまたこんなことを白々しくやっていたのか。それも、娘二人が大事な受験のこの時期に！　嫉妬とか、裏切りとか、そんな感情ではなく、もうあきれ果てるというか、こんなふうに人の気持ちを逆なでできる人もいるんだという怒りでいっぱいでした。

その日は何事もなかったかのように、会社で会い、普通に仕事をし、家に帰りましたが、どうにも腹の虫がおさまりません。家で、娘たちに初めて、

「お母さん、離婚したいと思っている」

と伝えました。

「お父さんが出て行っても問題ない？」

と聞きました。

娘たちは、できれば両親揃っていてくれたほうが嬉しいけれど、お母さんが幸せになれるならそうすればいいと言いました。いままでずいぶんいろんなことを我慢してきた。その見返りがこれか……感謝も労いもなく、その代わりにこれ？　本当なら、熟年夫婦が仲良く年を重ね、互いに支えあいながら老後を考える時期です。子どもも巣立つ時期です。このとき、一気に「自分の理想の老後」が崩れ去った気がしました。

〈修復へ〉

このことがあって、私は夫を問いただし、なぜ子どもたちが大変な時期に、こんなバカげたことを必死でやっているのかを尋ねたのですが、本人はキョトンとしていま

す。なぜ妻がこんなにも怒っているのかが理解できないといった様子。一応、話し合うという形をとりましたが、話し合うというより、私が一方的に怒っていました。

夫は、彼女と個人的に会った経緯について弁解していましたが、その理由はなんとも理解しがたいもので、余計に不信感がつのりました。その理由は、

「彼女がチームを辞めたいと言っていて、それでどうしても俺が引き留めるべきだと思った」

意味がわかりませんでした。娘たちが必死で受験に挑んでいるときに？　塾や学校や予備校などを走り回って、私が必死でサポートしているのを見てもいないのでしょう。そんなどうでもいいことのために、必死で女性を誘って、そんなつまらない話をしていたなんて！

このことがあってから、私もいろいろ考えました。この人との将来を、この人との老後を、一体どうやって乗り切るべきか。この調子では、いつかまた同じような不愉快な出来事が起こるに違いない。

でも、この歳で離婚？　いや、同じ会社で私の親族と同じ敷地に住んでいる。離婚は無理だ。あまりにも接点が多すぎる。離れることはかなり困難。私は、ここで一度だけ、もう一度だけ夫婦として修復を試みようと思いました。今回のことも、いままでのことも、すべて一度水に流し、子どもが大学生と高校生になるこのタイミングで修復できるかやってみようと。

翌日から、私は何事もなかったかのように普通に夫に接しました。そして、休日には極力一緒に何かをしたいと思い登山を提案しました。これなら、もしかしたら一緒にこの先の話などをしながら仲良く山を歩けるかもと思ったのです。そして、映画にも行きました。食事にも誘いました。思いつく限り、二人でできることはやりました。でも……。

映画に行っても、帰り道で映画の感想を言い合うこともなく、ただ黙ってさっさと歩いて帰る夫。食事も同様、自分だけさっさと食べ終え、スマホをいじる。そこに会話はない。最悪だったのが登山。私の予想していた登山はハイキング。二人で仲良くいろんな話をしながら山を歩く。山を歩くことが目的なのではなく、その道中で会話をすることを期待していました。だけど……。

まず、山を選ぶときに「高さがかなりあり、距離も割と遠く、駅（もしくは駐車場）から近く、途中に火を起こして食事をつくれる場所がある山」を私が選定。もしそこに行く道中が渋滞でもしていようものなら、とたんに不機嫌。駐車場が混んでいても不機嫌。山が混んでいても、思ったよりも低くて登り甲斐がなくても不機嫌。

そして、途中で火を起こして肉や野菜を焼いて食べたいという彼のために、私は前日から食材の準備をし、水や燃料も準備、食後のコーヒーは豆から挽いたものでないとダメ。そんな荷物の量は、私が考えていた数倍多いのです。人が入るくらいのリュックを夫が背負い、私も大きめのリュック。中には水や食料、鍋や洗剤、おまけに私が迷子になったときのために「トランシーバー」。私の予想をはるかに超えた登山でした。決して「楽しいハイキング」ではない。ただの「苦行」です。

そしてもちろん、望んでいた楽しい会話は皆無。ただ「山に登ること、そして山で肉を焼くこと」が目的になってしまいました。彼の足の速さに合わせるのはとても無理でした。彼は待ってはくれません。まさかの「トランシーバー」を使う場面も出てきたのです。

山で迷子になる。これは、本当に心細いです。こんな、苦行のような登山を数回経験しましたが、一度も楽しいと思うことはありませんでした。

「こんなはずじゃなかった」

修復しようと試みた私の努力は、ものの見事に打ち砕かれました。

「やっぱりこの人とは無理だ」

そう思うまで、時間はかかりませんでした。

〈夫の退職、そして別居へ〉

関係の修復をあきらめてからしばらくして、夫は社内のある女性と口論になりました。夫とこの彼女は、性格的に最も合わない二人でした。夫が自分の仕事をこなせていないことが徐々に明るみに出始め、彼女が改善要求をしたのです。それに対して夫が反論し始めました。自分が仕事をしているという話ではなく、彼女の批判をし始めたのです。

私も、周りもどうすることもできず、ただ会社で大声で言い合う二人を眺めていました。夫も彼女も大人げない。私はそれしか感じませんでした。内容はともかく、お互いの主張を続けるだけ。

その後、夫は「会社を辞める」と言い、実家の両親に話すからと会社を飛び出しました。よくわからない展開でしたが、もう私にはどうでもよくなっていました。あの人の考えていることはわからない。もう手の施しようがない。

その夜、夫は夜中に帰宅、自室にこもっていました。夜中の2時ごろ、急に私の寝室の扉を開け「離婚して会社を辞めることが（自分にとって）最も良い方法だと思う」と大声で言いました。夜中の2時です。その日も仕事があります。ぼ～っとした頭で、

「何時だと思ってんの？　いい加減にして！」

と言いました。

翌日から、夫はほとんど口も利かず、会社には来るもののまともに仕事もせずに文句ばかり言い、私にも口論のときに味方にならなかったことを責め、重要な会議の席で大声で自分の間違った考えを主張し始めたり奇行が目立ち始めました。社内でも夫のことが問題になり、家でも口も利かない。私も真剣に「離婚」を考え始めました。

夫が言い放った、

「離婚して会社を辞める」

これを実行するためのシミュレーションを、何度も何度も脳内でしました。その間にも、このまま会社と家庭にとどまることを提案しましたし、話し合おうともちかけましたが、夫の部屋に入ろうとすると、中から押さえられて入ることさえできません。話し合い拒否です。こんな大事な問題さえ、彼は話し合うことを拒否しました。ラインもメールも受信拒否、話もできない。そんなもんもんとした日々が続きました。

〈カサンドラ症候群を知る〉2018年2月

ラインも受信拒否、話もできない。そんなとき、ネットでたまたま「大人の発達障害」「アスペルガー症候群」という記事を目にしました。そこに書かれていた人の言動が、夫にそっくりでした。しかも、そのパートナーに現れる『カサンドラ症候群』の状態が、自分そのものでした。衝撃でした。

いままで誰にも理解されなかった、自分でも理解できなかったこの言いようのない違和感、精神的な不安定さ、身体症状、何から何まで自分に当てはまりました。その日から、私は必死でカサンドラ症候群について調べ始めました。そして、たどり着いた「カサンドラ自助会」。

自分がカサンドラ症候群だと気がついてから2週間後、私はカサンドラ症候群の自助会に参加しました。「今日はみんなに聞いてもらえて、同じ境遇の仲間の話が聞けてよかった。だけど、何かが足りない。私はここで立ち止まっていてもいいのか」

このとき感じた違和感が、今日の私をつくりました。その日から、いままで滞っていた空気が流れ始めました。一枚一枚、重い鉛の布団を剝がしていったような感覚です。毎日が、自分の意識が、少しずつ変化し始めました。

それから、いつものように一人でこの先のことを考えるようになりました。

何ヵ月か考え、私は覚悟を決めました。もう大丈夫。私は一人でも生きていける。子どもも自分で守る。もう誰にも振り回されない。こう決めた日のことは、いまでもハッキリと思い出します。なんてすがすがしい、爽やかな気分だったか！　ようやくこれで私も、自分の人生を踏み出せると思いました。

それを夫に伝えました。

「離婚して会社も辞めてください。覚悟できました」

と。そのとき夫が放った衝撃の一言！

「今度はお前が俺を追い出すのか」

あれ？　なんか話が変わっているぞ。この間確かに離婚したほうがいいと言ったよね？　なんで私が彼を追い出すことになったんだろう。もうわけがわからない。ですがもう、私は後戻りするつもりはありませんでした。このまま後戻りしたら、またあの日常に逆戻りする。そんなのまっぴら。そんなの生きている意味がない。

「会社を辞めてもいいから、その後別々に暮らしましょう。私は無職の大人を養うつもりはない」

私は夫にそう言いました。そうすると彼は、驚いたことにリュックにさっさと自分の荷物を詰め、嬉しそうに目を輝かせて一人旅に出たのです。まるで遠足に行く子どものように。彼も私たち家族から解放されたのかなぁなんて思いながら、私たちの結婚生活って何だったのだろうと思わず笑えました。ウソみたいな幕切れでした。そんな夫、父親の姿を、子どもたちとともに「変な人だったねぇ」と言いながら見送りました。

〈離婚〉2018年12月

それから約7ヵ月半の別居期間中（彼は実家でお世話になっていたのですが）、夫は何事もなかったかのようにメールをよこし、日常を報告してきました。ときには「泊りに行ってもいいか？」と。別居中の妻のいる家に来る？　来るんだなぁ、あの人は。なんで別居しているか理解してないもんな。

そんなこんなでその年も終わるころ、あることをきっかけに離婚届を出しました。朝起きて、夫に「離婚届にサインしてくれる？　いまから行きます」とメールし、一時間後にサインをしてもらいました。間違えると思って3枚分。いつも間違えるから。

帰りの車内では、夫を置き去りにしたような、幼児を見放したような、そんな変な罪悪感があり、あの悪気ない、無邪気な男に25年も振り回された結婚生活も思い起こしました。悪い思い出だけではなかった（気がする）、いいこともあった。

だけど、もう二度と戻りたくない。何も知らなかったから、ただがむしゃらにやってこられた25年。人の心を持たない異星人と一緒に過ごすのは修行のようなものです。自ら望んで修行をしていたわけではない。知らずに迷い込んだだけだ。辛いだけの人生なんてゴメンだ。私には幸せになる権利がある。

そんなことを思いながら帰ってきました。ここでウダウダ悩んでいたら、いつまでも離婚できなかったと思います。このスピード感、相手に有無を言わせぬ感じ、いまとなっては正解だったなと思っています。最後まで切れなかった鎖を、この日に切りました。

私は、離婚にひとかけらの後悔も未練もありません。夫には何の恨みも憎しみも持っていません。正直、もうどうでもいい存在です。私の中では他人以上に他人。ここまで割り切れるようになるまで、相当時間がかかりましたが、いまはスッキリさっぱり、いままでの結婚生活は遠い昔の話。この結婚生活を乗り越えたことで、私はすべての人に感謝できるようになり、そこにある気持ちが芽生えました。「私と同じ状況で、いま悩んでいる人たちの力になりたい」。

人は変われる。自分がいまの状況を変えたい、脱出したいと強く願えば、おのずと良い方向へ人生は好転していく。その時期は人それぞれ。だけど、自分なりにもがき苦しみ、どこへ向かうべきか日々模索しているうちに、不思議と周りの助けや状況によって、良いほうへ向かっていくように思います。その転機は誰にでも訪れる。

ただ自分がこうありたいと強く望むこと。その未来を具体的に描ければ、人生は変えられる。相手を変えるのではなく、まず自分が変わること。考え方や行動、習慣、そのすべてを見直し、変えていけば、自分は変えられる。それを誰かにサポートしてもらってもいい。

でも、とにかくいまの生活に違和感を持っているなら、そこから抜け出す手立てを自分で考えてください。あとどれくらい元気で生きていられるかわかりません。だけど、自分の、自分だけの人生です。今日を、そして未来を幸せに満ちたものに変えられるのは自分自身の力だけです。後悔のない人生を。

人生は一度きりです。みんなと一緒じゃなくてもいい、好きに生きていい。自分を縛らなくていい。いま、辛さを感じているということは、前に進むチャンス。私が感じたような違和感は、あなたが前に進む大きなチャンスです。違和感もなく、ただ毎日に流されて生きている人よりも何歩も先を歩いている。自信を持ってください。

変われないのは環境のせいではなく、自分自身が変わろうとしていないだけです。日々、できることが必ずある。それを積み上げた先に、自分の進むべき道が必ず見える。自分がいま、何に苦しんでいるのかを見つけてください。自分を知ってください。自分自身を呪縛から解放できるのは、自分自身だけです。なりたい自分へ。自由に生きてください。

PART 3

ありのままに生きよう

「普通」ってなに？

私が長年苦しんだことの一つに「普通の夫婦」、「普通の親子」、「普通の家族」の概念があります。これに私たち家族は当てはまらなかった。世の中にはびこる「普通」。人間が勝手につくり出す「普通」。ここに当てはまっていなければ、本当に「異常」なんでしょうか。

私が一歩踏み出せたのは、この「普通」を壊したからです。「夫婦はこうあるべきだ」、「親子はこうでなければならない」、「家族はこうあるべき」これを壊した。こういう夫婦や家族があってもいい、こういう親子もアリ。だって、これが本当の自分なんだから。一番楽な自分なんだから。だから、私はあえて娘たちを父親から隔離しました。夫の価値観や思考に娘たちを触れさせたくなかったから。そこに違和感があったから。

私も長年抱えていた「夫婦は話し合い、コミュニケーションをとり、二人で協力して家族をつくっていくもの」というつくられた「普通」を壊しました。私が独断で何でも決め、責任を取り、覚悟し、そして最後に離婚をして、世の中で言われている「普通」の良い夫婦を壊した。

だから「普通」に縛られないでくださいね。そんなもの、この世には存在しない。離婚したって、家族そろって楽しい旅行ができなくたって、別居してたって、シェアハウスだって、夫婦の気持ちが通じてなくたって、それが自分で一番快適だと思うならば、それがあなたにとっての「普通」なんです。

「普通」なんて周りから押しつけられるものじゃない。人間の数だけある。自分がいいと思えば、それが自分の「普通」。それを見つけてください。

本来の自分

「お母さん、よく笑うようになったね。明るくなった」

娘がそう言いました。

思えば、以前の私は笑うどころか、毎日怒ってばかりで、イライラして、うまくいかないことだらけで、常に不機嫌でした。たぶん、結婚前の私はこんなふうではなかったと思います。結婚生活の中で、日に日に積み重なってきた習慣・くせ。長い間の結婚生活で、恐ろしいことに、言葉遣いも行動も、夫に似てきている自分がいました。そんな自分に気がついていました。

25年も自分を出すことができず、子ども中心に生活がシフトしていくことは当然としても、その隣で協力するはずの夫が寄り添ってくれない、話もできないことで、どんどん自分が変わっていきました。良くない習慣が身についてしまった。自分の中でそれが当たり前になってしまっていたけれど、実は長年積み重なった習慣だったんだなぁと改めて思いました。

離婚して1年半、定期健康診断に行くたびにすべての数値が正常に戻ってきています。いままでどれほど無理をしてきたのだろう。どれほど自分を粗末に扱ってきたのだろう。自分の気持ちや身体がリセットされていくのを感じています。

本当の自分って、どんな感じだっただろう。日に日に本来の自分に戻れている気がします。面白いこと・楽しいことに笑い、失敗しても笑い飛ばす。みんなの笑顔に囲まれて、自分も自然と笑っている。こんな平凡な幸せを、いまは噛みしめています。

強く念じること

私は離婚前の数年間、いつもお風呂に入ると、夫と離れたときの空想をしていました。その時間だけが、私にとってワクワクする、楽しい時間でした。そのころはまだ、会社や身内のことで夫と離婚することは不可能だと思っていたので、本当に空想だけでした。

夫は自分の趣味には湯水のごとくお金を使うし、子どもの学費もかかる。私が自由に使えるお金などほんの少しでした。だから私は、自分の欲しいものなど怖くて買えませんでした。夫はいつも突然「○○が買いたい」と言うのです。それも、ものすごくくだらないものです。それを思うと怖くて自分のものなんて買えなかった。私がいくら「今回は買えない。子どもの塾の費用がかかる」などと言っても、彼は聞く耳を持たず、それどころか必死でネットで欲しいモノの情報を調べ上げて、ねちっこく解説を始める始末。私が折れるまで延々それを続けます。こんな苦痛を味わうくらいなら買ったほうがマシだと思ってしまう。そんなことの繰り返し。

だから私は、休日になっても買い物もできず、用事のない限りは家で過ごしました。休日なんていっても、まったく自由に過ごせなかった。子どもの送り迎えや家事で1日が終わる。そんなつまらない日常でした。

だからお風呂の時間だけでも、自由になれたときのことを空想していました。もし夫と別居できたら、あんなこともできるしこんなこともできる。羽が生えたみたいに自由に飛び回れました。そしてそれが日に日に具体的になり、そんなことを空想しているのが楽しかった。

このころは、自分の人生なのに自分で舵取りできないような不自由さがありました。そしていま、そのときに空想していたことが現実になりました。身も心も、ものすごく自由になりました。自分の力で、自分の思うように生きているという実感がありますす。自分のためだけにお金や時間を使い、自分のやりたいことが自由にできる。誰かに遠慮することもない。気兼ねもいらない。こんな幸せはありません。ものすごくありがたいことです。

だから私は、なりたい自分を思い描くことをお勧めします。いまは無理でも、近い将来、きっとそうなれる。絶対になる。強く思えば叶うのです。なりたい未来を引き寄せてください。あなたなら、きっとできる。人は変われる。必ず。

自分を大事にすること

いままでの結婚生活で、私は必要以上に我慢し過ぎていました。言えばいいのに言わない、やればいいのにやらない、時間もお金もない。がんじがらめで動けない。

でも別居して、少しずつ自分のやりたいことをやり始めました。自然に触れること、旅行に行くこと、カフェで過ごすこと、犬と遊ぶこと、カサンドラさんたちとの交流。どれも自分が好きで、やりたいことです。

いままでいろんなことを我慢し過ぎた。人のためだけに尽くし過ぎた。自分のためにお金も時間も使えなかった。人に合わせてばかりいた。これじゃあ、自分を大事になんかできません。どんどん自分が闇の底に落ちていきます。

この本を読んでくださっているカサンドラの皆さんは、きっとそのことに気づき始めている。だからこそ、何かを自分の力で変えていこうともがいている。自分で選んだ道を歩こうとしている。自分で選択することがとても重要なのです。それこそが「自分を大事にすること」。

そうしていると、どんどん自分にパワーがみなぎって、力が湧いてくるのです。何でもできるような感覚になりませんか？　そう考えているときの自分がとても好きです。ワクワクします。

「自分が喜ぶことをする」こんな当たり前のことを、私たちはしてこなかったのです。できなかったのです。これからは、もっと自分を喜ばせてあげてください。もう、自分のために生きてもいいと思います。

カサンドラに必要な考え方

アスペルガー・タイプの人たちって、自己中な人が多いと感じます。自分のことしか考えていない。いつも自分勝手で世界は自分のためにあるなんて思ってそう。

カサンドラに必要な考え方として「自分中心主義」というものがあります。簡単に言うと、自分を中心に考えて、自分の気持ちを察知して、自分がどうしたいのかを自分自身が表現することです。カサンドラにありがちな、他人中心の考え方・生き方は、他人が考えていることを勝手に推測して、自分の推測が正しいかどうかわからないのに、恐らくこう考えているだろうという思い込みで行動します。そうすると、自分がどんどん疲弊し、我慢や無理な努力ばかりするようになります。これは、カサンドラの良くないところです。陥りがちな部分です。

そうではなく、自分がどう思うのか、どうしたいのかをまず考え、実行する。それには、いま自分のやっていることに自信を持つことだと思います。自信があれば、誰に何を言われようが動じなくなる。自分は正しいと確信しているからです。アスペルガー・タイプの自己中は、間違っているのに変に自信満々で押しつけてきます。だから、全然違うのです。

皆さんもぜひ「自分中心主義」で生きてみてください。生き方がグッと楽になるはずです。

小さな社会

人はそれぞれ違った「小さな社会」を抱えていて、そこで無意識に順応するように行動しています。その一番小さな社会が「家庭」で、そしてそこは恐ろしいことに通常は誰にも見えません。

「郷に入っては郷に従え」ということわざもあるように、もしその社会の常識が自分の思う常識と違っていても、うまく順応して生きていくのが一番賢い生き方で、別にそれが正しいとか正しくないとかではなく、合わせていけるとうまく生きられるというだけ。

でも家庭は、そこを牛耳るのが「親」だったり「夫」だったり、または「義母」とかいろいろなのだけれど、その特定の人がつくった異常な常識に支配された空間だということが問題で、おまけにその空間は「密室」。子どものころは、その「小さな社会」が自分にとっては唯一の「社会」だから、そこでの出来事は日常であり当たり前。

でも、学校へ行くようになり、自分の置かれていた「小さな社会」以外にも多くの社会があり、自分が置かれていた社会では当たり前だったことが実は「異常」だったことに気づき始める。

最近は、この「小さな社会」が多様化していて、どれが常識的でどれが非常識なのかの境界がわかりにくくなっているけれど、その中で自分が好む「小さな社会」を選んで、いまの自分が置かれている家庭という「小さな社会」と比べてみるといいと思います。テレビやSNSで個人の私生活を発信している人も多いので他人の「小さな社会」を覗き見ることができるから。

それで何らかの違和感を持ったら、自分のいる「小さな社会」は異常な空間だということ。そのためにも、多くの「小さな社会」を学ぶ機会を得ることが大事だし、人と多く関わって異常と正常の境界を見つけることが大事だと思います。

いつまでも異常な「小さな社会」で我慢し続けることが美徳の時代は終わった。この世には家庭以外にもいくらでも正常な「小さな社会」があります。だからどうか、自分に合った心安らぐ「小さな社会」を早く見つけてください。そんなところでいつまでも我慢していないで。嫌なものはイヤ、辞めてほしいことは辞めてくれとハッキリ言いましょう。人間には、守られるべき尊厳があるのです。

夫婦でいるのに孤独

『夫婦でいるのに孤独』は、カサンドラにとっての永遠のテーマです。

私も、休日に家に一人でいるとめちゃくちゃ不安で寂しくて、映画を見ていてもテレビを見ても、友達と会っていても、買い物をしていても、そのときが終わるとギュ〜ンと孤独に引き戻されるような感覚でした。

逆にいまは、ほとんど家では一人ですが、まったく寂しくはないです。昔と比べて何が変わったのかと考えるとき、要するに婚姻当時は身近に夫という人間のカタチの生き物がいた。だから私としては、誰かといるのだから寂しくないはずだという気持ちがあった。でも、誰かといても寂しい場合はあるということです。むしろ、そこにいる人型の生き物が、私にまったく関心がないことで、余計に寂しさを増幅させている。「まさか、そんなことあり得ない」という思い込みで。

そんな人型の生き物よりも、犬のほうがよっぽど私を好きでいてくれたし、関心を持ってくれていた。人型の生き物がそばにいるのに、自分に関心を持ってもらえないということが、これほど人の心を空虚にさせるのだと気づきました。

私たちには無意識に「パートナーとは気持ちがつながっているもの」という思い込みがある。でも実際は、夫婦でも気持ちのつながらない人たちは多い。気持ちのつながる人は、別にパートナーじゃなくてもいいって、そう思えたら、ずいぶん気が楽になります。親でも子どもでも、友達でも親せきでもペットでも、誰でもいいのです。

だから私は、何でもやってみたほうがいいし、どこへでも出かけて行ったほうがいいと思っています。そこには新しい出会いがあるからです。人間は、そういう縁をつなげるために生きているのだと思います。私は、これからはたくさんの人とつながっていきたいし、私と関わってくださる方々に少しでも貢献できる人間でありたいと思っています。

人を少しだけ幸せにするお手伝いができる人でありたい。お互いがお互いをちょっとずつ幸せにできる関係。そんな人たちとつながっていれば、いまここに誰もいなくても心はいつも温かくて、少しも寂しくはない。生きるって、そういうことなんじゃないかなって、私はそう思います。

同居でも「孤独死」増加

新聞に、こんなタイトルの記事がありました。同居のパートナーが認知症だとか、死亡者が引きこもりなどで、同居していても「孤独死」するケースが増えているとか。なんだか他人事とは思えません。

私がまだ夫と寝室が同じだったころ、私もよく思ったものです。「この人はきっと、私が横で死んでいても気がつかないだろうな」と。

家族の微妙な変化にめっぽう疎い人でしたし、横で寝ている人間が息をしているかとか苦しんでいるかとか、そんなことはきっと彼には気に留めるに値しない出来事。そしてもし彼が先に認知症などになれば、もっとそのリスクは増えるわけで、そうなればもう一人で暮らしているのと何ら変わりない状況です。しかも家庭内別居状態のときにもし彼が部屋で死んでいたとしても、きっと私は数時間、いや数日気づかないかもしれないし、その逆もアリ。

この新聞記事、もしや以前の私たちと同じ状況の夫婦が増えているってことなのではないかなんて妙な想像をしたりします。

以前の私たちと同じような状況で、今後別れないという選択をし、老後を二人で乗り切ろうと思っている方もいらっしゃることと思います。たぶんですが、旦那さんと交流がないということをご近所や親せきに話している方は少ないのではないでしょうか。話してもわかってもらえないという側面もあり、だんだんと誰にも話さなくなる傾向があると私自身の経験からも思います。

だからこそ、もしこの先二人だけになり、片方が認知症や病気になった場合、誰にも助けてもらえなくて孤立してしまうケースが増えていくのではないかと心配します。そうなる前に、誰か信頼できる方にいまの状況を知っておいてもらってください。恥ずかしいとか、カッコ悪いとか、世間体だとか、そんなことも気になるでしょうが、誰か一人でもいまの状況をわかってくれている人がいれば、この先何かあったときに頼れます。

一見普通の老夫婦二人ですが、普通の仲の良い老夫婦ではなく、相手がまったく頼れないほぼ「他人」同然の人であることを、どうか誰かに知っておいてもらってください。下手に夫婦二人で暮らしていると、周りも二人だから安心だと思うだろうし、手も出しにくいという側面もあると思います。「同居でも孤独死」は、決して他人事ではない身近な問題です。

夫の暴力を阻止した

最近、私がこの家族の中で果たしてきた役割についてだんだん解明できてきました。

「母親としての役割」

そして、

「夫の暴力を阻止する役割」

夫は、私に暴力を振るったことはありません。ただ一度だけ、娘を叩いたことはあります。それは、娘が反抗期のころ、父親を「お前」と呼んだときです。たしかに親に「お前」と言うことはいけないこと。だけど、反抗期の時期にはありがちなこと。彼女も、本心で言ったのではない。また、夫は彼女に言ってはいけないことを言ったから、娘がキレた。そんなことを考えていました。

そしてある考えが浮かびました。「私は夫が暴力を振るうことを阻止してきたのかもしれない」と。彼は気に入らないことがあるとすぐ大声を出しました。そうすると、私が黙るからです。それ以上、彼自身が注意を受けないから。

でもたぶん、私がそれでも彼に注意をし続けたら、きっと彼は私を殴った。だとすれば、私がずっと我慢してきたことは、彼の暴力を阻止し、私自身を守る行為だったのだと思います。無意識でしたが。自分がずっと我慢し続けたことで、彼の暴力を阻止できていたのなら、彼はいまでも人に暴力は振るっていないと思います。私と離れても、彼は人となんとかうまくやっていることでしょう。私が25年で彼に「人に暴力を振るうべからず」を教えられたのだとしたら、私ってすごいなと、今日も自分を褒めるのです。

カサンドラの連鎖を阻止する

夫は、自分が親に正しく愛されなかったことを知らずに生きてきた。それが当たり前だと思って育った。私に大声を出したり、聞いてないなどと白を切ることも、無視することも、残酷な一言を言うことも、何もかも丸投げすることも、それが彼の中での当たり前で、まったくひどいことなのだという自覚がなかったのでしょう。

と同時に、私もまた彼からそれほどのひどい行為を受けているという自覚がありませんでした。なぜかと言うと、いままでそんな言葉や行いを、親から受けたことがなかったからです。それがひどいという認識がありませんでした。

でも、いまならちゃんとわかります。私は確かにとてもひどい扱いを受けていたのです。しかも毎日、何らかの方法で。しかも恐ろしいことに、それがだんだん当たり前になり、子どもにも同じような扱いをしそうになる自分がいました。あそこで流されなくてよかったと、つくづく思います。

いま、子育て中のカサンドラの皆さん。あなたが一緒に過ごしているパートナーの常識は、人として誤ってはいませんか？　もっと現実を知ってください。現実を見てください。決して子どもに同じような思いはさせないでください。「子どもには、あんな人とは結婚してほしくない」なんて思っていても、自分が受けてきた家庭教育しか見本にない子どもは、きっとまた親と同じような人を選ぶはずです。私たち賢いカサンドラは、そうさせないためにこの世に親としての役割を持って生まれてきたのです。

「決してカサンドラの連鎖をさせないこと」

これが、私たち正しいカサンドラの役割です。

まず被害感の克服から

「あの人は本当にひどい男だ」

「相手が○○だから」

「自分は愛されていない」

「自分は認められていない」

自分の主張ばかりで、悪いのはすべて相手。

カサンドラに限らずですが、まずこの被害感を克服しなければ、絶対に前には進めないのです。悪いのは誰かや何かではない。自分の思考。自分の思い込み。

私のことで言うと、夫は私を愛さなかったわけではないのです。愛する方法を間違えていただけ。私はちゃんと愛されていた。間違った愛し方で。彼が学んできた愛し方が強制やモラハラだっただけ。何かに問題を転嫁しても、問題は何も解決しない。誰かを責めても、一向に事態は良くならない。

トラウマは、自分自身がつくり上げるもの。「そうだったんだ」と思い込んでいるだけ。過去に起きた事実を、自分が被害を受けたと受け止め、悪いほうに考える。事実は一つだけれど、そのとらえかたは無数にある。私たち夫婦のとらえかたが違っただけなんです。

だからいま、私は夫に何の恨みも憎しみもありません。こんな愛し方しか知らなくて、かわいそうな人だとは思います。なぜ愛していたはずの人から別れたいと言われたのかもわからないでしょう。彼には、思い当たるところが何もないのだと思います。彼と私の愛し方がまったく違っていただけなのです。だから、私は自分が受け入れられないモノを手放した。決して交わることがないと思ったからです。

人生最大の「捕獲作戦」

私はよく夫に対して「この人、なんで結婚したんだろう」という疑問を抱いていました。いつも一人で好きに行動していたし、私が子どもの行事などを伝えても興味なさそうに「ふ～ん」っていう感じだったし。家族でまとまって何かをすることが、彼にとっては幸せなことではなかったのでしょう。

じゃあなぜ結婚したのかというと、母親の代わりに身の回りの世話をしてくれる人間が必要だったから。単にこれだけだったのだと思います。その相手を探すのに、必死で求婚活動に出たのでしょう。それはもはや愛ではなく執着です。だから必死。しかもそれを本能でやっているから怖い。自覚なしです。

私はそれを勘違いし、すごく愛してくれていると思ってしまった。だから結婚までは滅茶苦茶相手に尽くす（ように見える）行動に出るから、私も騙されて優しいとか気が利くなどと思ってしまう。いわゆる「捕獲作戦」とでも言いましょうか。その捕獲作戦での優しさをずっと引きずってしまうから、私としては「あのときは優しかったのに」とか「気が利いたのに」とか思ってしまう。

もし次回、こんな男性の優しさを見極める機会があったとしたら、その優しさが自分自身のためなのか、相手のためなのかをよく観察してみます。夫が捕獲のためにやっていただけの行為を、私のためだと勘違いしていたけれど、実は「自分の世話をしてくれる都合の良い女」を探すための優しさだったのだといまごろ気がつきました。

これは完全に夫自身のためです。だから、その優しさは持続しないのです。ただの作戦だから。

だからカサンドラの皆さんも、間違っても「あのとき優しかったから、きっとまたあのころに戻るはず」などと思ってはいけません。戻りません、あのころには。だって、もう自分の所有物になったのだから、捕獲する必要がないでしょう？　待っていても、戻りません、絶対に。

カサンドラを抜けられるかどうかの基準は……

私たちはいま、パートナーとの生活に違和感を覚えてカサンドラとなった。それ自体、いまの状況を抜け出すための第一歩。

さて、そこからカサンドラを抜け出せるかどうかの次のハードルは「私が悪いのではない」と、気がつくこと。

これに気づかず、いつまでも「自分に落ち度があった」、「自分が至らなかった」と思い続けているうちは、カサンドラは抜けられない。まずはこのハードル。これを越えないと、その先には進めない。

多くの方は、いまもなお「私が悪かったのかもしれない」と思ってはいませんか？いや万が一こちらに非があったとしても、愛する家族にＤＶやモラハラや虐待はやってはいけないことなのです。

そして次に、相手を責め、憎み、許せないと嘆き……その段階を乗り越えたら、その次に初めて、相手を理解するというハードルを越えられる。多くの方は、相手を許せないまま離婚し、次の結婚なりお付き合いを始めてしまう。それではまた同じ結果になります。

まず自分を理解し、次に相手も理解する。これができたら、本当の幸せを見つけられると思います。

愛しているの反対は「無関心」

以前は私も、毎日毎日、旦那が嫌いだとか腹が立つとか、帰って来るなとか、そんなことばかり考えていました。でも、思うんですよね。ずっとその人のことばかり考えているのって、結局気になるからなんですよね。

「嫌いだ」という関心を持っているということ。まだどこかで期待しているし、愛している。あきらめきれない。だからまだ頑張っているのだと思います。本当に嫌いなら、もう気にもならない。本当にどうでもよければ、もう考えることもしなくなる。

話すことも、考えることも、存在自体どうでもよくなる。執着がまったくなくなる。

「愛している」の反対は「嫌い」じゃない。

「無関心」

そうなったときがお別れできるときなんじゃないかなって思います。私もそうなれるまで、ずいぶん長かった。ずっとあきらめきれなかったんだろうな。ずっと家族だと思い込んでいたから。家族の誰にも実は興味なんかなくて、自分が一番大切で、自分に逆らう者はたとえ家族であっても攻撃の対象となる。そんな人がいるなんて、どうしても納得ができなかった。

だけど、執着を手放してから離婚しないと、また同じような人と再婚をするという大失態を犯します、きっと。ちゃんと自分の中ですべて終わらせないと、この人生の課題を克服したことにはならないのだろうなと思います。

だから、お別れしたいならば、相手のことはもうきれいサッパリ忘れることです。後腐れなく。好きも嫌いも、憎しみも嫉妬も、憐みも同情も、何も感じなくなったとき初めて、何の感情も持たずにお別れできると思います。

とにかく無になる〜戦わず、平安を保つ。離れること〜

長期休暇になると、夫といる時間が増え、バトルが増える&同じ空間にいることが苦痛だったのですが、私と同じような皆さんに、ちょっとバトルにならないコツを伝授します。

まず、パートナーに近づかない。話しかけない。基本、個々で違う行動をして過ごすこと。お子さんが小さくてパートナーのところへ行ってしまうようなときも、極力自分で遊んであげましょう。あの人たちに任せると、ろくな目に遭いません。

そしてもし、向こうから戦闘をしかけてきても決して言い返さないこと。向こうが怒りだしたり、キレたりし始めたら、黙ってその場を離れる。決して感情的に反抗してはいけません。さらに、同調もしてはいけません。パートナーは、別に私たちにキレているわけではない。自分にキレているのです。感情のコントロールもできない自分自身に。自分でもそのことには気づいていないとは思いますが。

そんな人は放っておいて、さっさと自分の部屋にこもるか、子どもとお出かけするか、パートナーに出かけてもらいましょう。休みだからといって、家族で仲良く買い物なんて行こうとしないほうがいいです。仲良くなんて無理です。険悪にしかなりません。いくらでも一人、あるいは子どもと楽しむ方法はあります。夫婦だからといって、家族だからといって、ファミリーで過ごさなければいけないということはないのです。そんな無理したら、また地獄を見ますよ。できるだけ自分が不快にならない休日を過ごしましょう。だって、自分の貴重な時間ですよ？　人のために犠牲になることはないのです。我慢して生きるなんて、時間がもったいないです。

絶対にひるまない自分になる（その1）

パートナーに「離婚するぞ」とか「自殺してやる」とか、そういう脅し文句を言われてひるむという話を聞くことがあります。

幸い、ウチはそういうことはなかったのです。たぶん、離婚するぞって私に言ったところで、ひるまないと思っていたからでしょう。それが私にとって何のダメージにもならないとわかっていたのだと思います。夫はわりと空気読めていたのね……。

正直、そんなこと言われたら逆にラッキーとしか思わなかったと思います。「自殺してやる」などと言われても「家ではやめてね。どこか遠くの人目につかないところでお願い」って言ったかも。要するに、そんな脅しをかけられても「ひるまない自分」でいれば、何も怖くないってことです。そのために私は働いてもいたし、いますぐこの人と別れても大丈夫な自分をつくってきた。それってすごく大事なことだと思います。何かに頼らなければ生きられない自分だから不安なんです。弱みを握られるんです。

例えば夫の収入。夫の家。夫の財産。夫の○○。じゃあ自分の○○は？　一つもないんじゃ、そりゃ不安ですよね。自分で何も決められないんだから。いつも人任せ？自分の人生なのに。何があっても大丈夫な自分をつくっておけば、離婚するぞなんて言われても「いつでもどうぞ」と言えるし、第一そんなこと言ってこないです。脅しにならないから。

ぜひ皆さんも「離婚するぞ」なんて言われたら「いつでもどうぞ」と言える自分をつくってください。そうすれば、何も怖くないから。いまからでもできます。遅すぎるなんてことはない。夫婦は対等です。いつまでも夫の所有物のような人生を生きる必要はない。

絶対にひるまない自分になる（その2）

パートナーに「離婚するぞ」なんて言われたら。いったん落ち着きましょう。そういうことという人に限って、実際にはやらないから。本当にする人は、誰にも言わないと思います。「離婚するぞ」なんて言葉をパートナーに言うなんて、なんてみっちい大人なんでしょうね。大人げないわぁ。そんなことを言ってまで、パートナーをつなぎとめておきたいんでしょうね。まさに自分勝手。自分本位。

そんなやつには「私はそんな女々しいことを言う男を好きになったんじゃない！

昔のあなたはもっとカッコよかった」とでも言ってやりましょう。実際、私は少なくとも結婚当時は夫が好きだったし、この人とずっと添い遂げるんだと思っていました。でも、年々彼の女々しさとか器の小ささ、自信のなさや自己肯定感の低さに辟易していったのですから。

それでも何とか彼を奮い立たせようと何年も努力しました。夫として、父親として、男として。褒めたりなだめたり、ときには励ましたりしながら。だけど、何年たっても私に八つ当たりのモラハラ行為を働くばかりで、一向に成長がなかった。そんな彼を甘やかした私にも責任の一端はある気がします。だけど……です。彼も一人の大人。本来は、自分で自分の行動に責任を持つべきなんです。何でも私に責任転嫁するんじゃなくて、自分の機嫌ぐらい自分で取るべきなんです。

それに気づいてほしくて、何年もかけて彼を鍛えてきたつもりだったんですけどね。彼が25年間育った環境に、私は勝てなかったんだと思う。人間の性格なんて、十歳ぐらいまでに大体固まるのでしょう。それを私が立て直すのは無理でした。

中には自覚して変われる人もいると思う。でも彼は、自分という殻にずっと閉じこもっていて、それが唯一無二の正しい世界だと信じていたから。つくづく、人を変えるのは難しいなぁと思います。ある日何かの拍子に「あれ？　俺はなんでこんなひどいことを言ったんだ」なんて自覚する決定的な出来事でもなければ、人間はめったなことでは変わりません。だからこそ、その人を変えるのではなく、自分の考え方を変えるしかないんです。

フラッシュバックに苦しむ方へ

皆さんは過去を思い出してフラッシュバックに苦しんだりしますか？　きっとすごく辛かったのだと思います。私もそういう経験はあります。辛かった過去。私も同様に、過去を思い出して辛くなっていた時期もありました。でも、いまはまったくありません。なぜか。それは、いま、辛いわけではないからです。当時は辛かった。でも、いまは違う。

フラッシュバックは、その当時の記憶や感情が邪魔をしています。そのころに戻ってしまう。だけど、なぜわざわざその時を思い出す必要があるのか。いまは辛くないはず。だったらもう思い出さなくていい。

思うんですけど、離婚でも辛い過去でも、キチンと卒業しないと、辛い過去としていつまでも自分を苦しめます。キチンとケリをつけるんです。気持ちに。憎いとか、恨みとか、嫉妬、憎悪、はたまた、好き、未練、心残り、憐み。そういうものを残していると、いつまでも苦しい。

だけど、そういう感情は自分で処理できるんです。コツは、自分も相手も認めて、納得すること。

「仕方なかった」
「そういう人だった」
「かわいそうな人だった」
「私は何も間違っていなかった」

そう考えられると、不思議ともうそのころの辛さは思い出しません。キチンと卒業できます。気持ちにケリをつけるんです。

事実は変わらないけれど、事実に与える意味は変えることができます。なんだバカバカしい、そんなことにいつまでもとらわれている自分って、ずいぶん時間を無駄にしているなと気づきます。

すべては自分の意識だけで変えられます。気持ちの持ちようです。過去にとらわれることは、自分の未来をつぶすことです。変えられるのは未来だけ。ならば未来を変えましょうよ。未来はいま、この瞬間から変えられる。自分だけの力で。進もう、前に！　そうすれば、日常が変わっていきます。日に日に生きるのが楽しくなる。未来には夢しかない。

過去の出来事の解釈を変える

例えば仮に昔、いじめにあったことがある人。夫婦関係がうまくいかなかった経験がある人。誰かにひどいことをされた、あるいは言われた経験がある人。その理由を言えますか？

その理由が「自分が悪かったからだ」と認識している人は、一生そこから抜け出すことはできない。一生幸せにはなれない。自分のせいですべての出来事が起こったのだという思考から抜け出せない。ずっと自己否定。

だけど、自分が悪かったのではなく、そういう相手だったというだけで、仕方がなかったと受け入れられる人は、のちにその過去を味方につけて幸せを摑むことができる。決して自分が悪かったのではない。あの場所に、もし自分がいなかったとしても、ほかの人が同じような状況になっていた。

私は、結婚生活が破綻した理由を、私のせいだとは思っていません。あれは夫に理由があった。もちろん、百%自分が間違っていなかったかどうかはわからない。でも彼に、そうしなければならない理由があった。彼のそんな性質をつくったのは私ではない。

結婚やいじめに限らず、すべての自分ではどうすることもできなかった出来事を、すべて自分のせいだと受け止めることは、必ず自分を不幸にする。自分を悲劇のヒロインに仕立て上げる。これは責任転嫁ではなく、事実を正しく認識することです。事実を正しく認識できれば、あなたはいますぐ幸せに向かって進むことができる。

私たちにはどうすることもできない、仕方のない出来事がこの世にはある。解釈を変えるだけで、人は劇的に人生を変えることができるんです。

過去と他人は変えられない

以前、まだ私が夫と共生しようともがいていたころ、ある方のブログを見つけました。

その方のブログは、パートナーのモラハラに悩みながらも共生する方法を解いておられました。それは、自分の行動を変え、相手に期待せず、受け答えも適当に聞き流し、なるべく自分が傷つかないように対応するというモノでした。私も試してみましたが、でもなぜ間違っていない私がここまで相手に遠慮して気を遣って、自分を出さずに生きていかなければならないのかがわからずに、すぐにやめてしまいました。

なぜ、あの方法が自分には合わなかったのかがようやくわかりました。結局、過去と他人は変えられないのです。こちらの対応を変え、パートナーが少しおとなしくなったところで、本質は何も変わっていないのです。それを、うわべだけ相手の機嫌を取りながら過ごしたところで、いつかまた何かのきっかけで爆発するのです。そんな時限爆弾を抱えての生活など、私はごめんです。

もしどうしても共生しなければならないなら、パートナーに気を遣うのではなく、もう完全に相手から意識を外すことでしょうか。「いないものとする」というような。

もちろん、パートナーのために一切の家事もせず、会話も関わりもなし。完全なる「家庭内別居」。少しでも関われば、必ず違和感が生じるのです。こちらが傷つくのです。「好き」の反対は「無関心」です。決して「嫌い」、「気持ち悪い」ではない。無の境地です。相手に関心を持たないこと。そうでもしなければ、自覚のないアスペルガー・タイプの人たちとの共生は不可能です。

「自分が変われば相手が変わる」の誤解

よく「自分が変われば相手が変わる」と言われます。でも、当然すべての人に当てはまるわけではない。

私もこれにはかなり苦しんだ時期があります。夫に対する対応を変えて、彼が少しでも改善しないかと試行錯誤を繰り返していました。でもうちの夫は、私が少しぐらい対応を変えても響くような人ではありませんでした。まったく変わらなかった。特に相手がアスペルガー・タイプの方の場合、こちらの対応を変えようがまったく変わらない人のほうが多いと思います。一般的に通用する対処法は、彼らには通じないと思っておいたほうが身のためです。

それを「この人が変わらないのは、私の対応が間違っているからだ」と受け取ってしまい、ますます罪悪感を持ってしまう方もおられるのではないでしょうか。「自分が変われば相手が変わる」というのは、あくまで数ある考え方の中の一つです。変わる人もいる。たぶん、世の中の多くの人は変わるんだと思います。自分自身の気付きによって。現に、私の職場の人たちや親兄弟などは、私の対応を変えればものの見事に自ら変化していきました。こういう人のほうがきっと多いのでしょう。

でも、私たちが相手にしているパートナーには当てはまらない。そう思っていたほうが無難です。そんなに簡単な相手ではないと思います。そう簡単に変わるような人なら、こんなに悩んではいないはずです。

善悪の基準

私は2018年の5月から別居を開始したのですが、別居している間もずっと夫から自分勝手な日記のようなメールが毎日のように届いていて、たまに「今日、そちらへ行きます」みたいな気持ちの悪いものも来ていました。「今日、そちらへ行ってもいいですか?」ではなく「行きます」というのも、腹立たしい要因だったのですが。

当時は、私もまだ夫に少し「かわいそう」という気持ちがあったので、その希望の3分の1ぐらいは叶えてあげていたのです。3回に2回は「ダメです」と断りましたが。

それで、のこのこやってきて何をするのかと言えば、犬と遊んだり、夕飯を食べて帰るのです。私は、極力彼に会いたくなかったので、私の仕事中に来て、夕方には帰ってくれるようにお願いしておいたにもかかわらず、言うことを聞かずに、私と顔を合わせることもありました。

そしてその間、一度もお土産なりお礼を置いて帰ったことはありません。もちろん「お邪魔しました」の一言もなし。別に品物や金銭が欲しかったのではありません。自分の要望を叶えてもらったのだから、お礼はするものだというのが私の感覚。

でも彼はきっと、自分の家に帰っただけなのだから、当たり前だととらえていたのだと思います。だいたい、のこのこ別居中の嫁のいる家に来る時点で、私とは感覚が違うのです。なんで別居しているのか、考えたことがあるのでしょうか？

そんなことが８ヵ月も続いたある朝、彼が送ってきたメールの内容を見て「今日、離婚届にサインをしてもらおう」と思い立ちました。いつまでもこんな状態を続けていることにまったく意味がないことはわかっていたのですが、関係を切るきっかけがつかめずにいました。

ただ、８ヵ月の別居の間、彼の送って来る自分勝手なメールの内容が一向に自分のいままでの言動を反省するものではない上に、私に非があるようなことをちょくちょく挟んでくるようになったこともきっかけの一つです。また彼の頭の中で、記憶が置き換わっているのだと思いました。こうなっているのは、私のわがままだというふうに置き換わっていると感じました。

いままでの25年間、無意識でしょうが、彼の頭の中ではいつも私が悪者でした。事実がどうであれ、いつも彼は悪くないのです。たぶんそれは、彼が自分自身を守るための行為だったのだと思いますが、そのために私がどんどん悪者になっていくのです。事実に反して、私は普通に生活しているだけで「悪人」と化すのです。

そんなことが積み重なって、とうとう彼は「お前は敵だ」と言うようになったのです。いまになって客観的にあのころを思い出すと、私はいつも普通に家事や育児や仕事をしていただけなのに、彼の中では私は「意地悪な悪人」なのです。私の感覚と、彼の感覚は、決して交わることがなかったのです。同じ事実を見ても、そのとらえ方が変わるだけで、人はこんなにも簡単に「悪人」になれる。

いまはハッキリと言えます。私は何も悪いことはしていなかった。何をもって「悪」と言うのか。何が「善」なのか。それは、個人のとらえ方でまったく違う。だからきっと、彼も彼の世界では「悪人」ではなかったのでしょう。

善悪の基準が、人によってこんなに違うなんて、まさか同じ人間でここまで違うなんて、夫に出会うまで気がつきませんでした。それが、彼のことを「異星人」だと感じた要因だったと思います。住んでいる星が違う。それほど世界が違った。だからお互いに、相手の世界で暮らそうとすると頭がおかしくなるのです。しょせん、同じ世界で暮らすことは不可能だったと、いまは納得します。

勝ち負けを決めたがる

アスペルガー・タイプの人たちは、とかく人間同士なのに勝敗を決めたがる傾向にあると思います。

例えば夫婦でも、彼らの勝敗の基準は「働いていること」だったり「お金を生み出すこと」だったり。だから彼らにとって、働いていないことやお金を生み出さないことは「負け」であり「劣っていること」。

いくら女性が子どもを産み、育てるという人間最大の大仕事をする生き物だとしても、家事という目には見えないけれど、大変な仕事を日々担っているとしても、とても辛い病気で闘っているとしても。彼らにとってそれは「敗者」。

その敗者を日々けなし、非難し、否定し、暴言を吐いたり無視することで、彼らは自分の優位を確認する。なんて悲しい生き物。しかもそれを無意識に行っているという不幸。

だから自分が働けなくなって、お金を生み出せなくなったとき、自分の優位を確認する手段を失い、自分を守るために周りに対してさらに暴言や暴力で威嚇するようになる。自分の世界に閉じこもる。弱い自分を認めたくなくて、さらに手がつけられない人間と化す。生産性のなくなった自分を認めることができず、鬱になったりふさぎ込む人もいるでしょう。妻より優位に立てなくなった自分には、価値がないと思い込む。なんて哀れな人たち。

お金を生み出せなくても、本来妻は夫を支えてくれるものです。夫婦はお金だけでつながっているのではない。むしろ、お金以外のモノのほうがずっと多い。そんなことも理解できない人たち。しかもそれが、自分の偏った思考の産物であることすら気がつかない。自分で自分の首を絞めるとは、まさにこういうことです。でもそれも、妻が自分を理解してくれないからだと妻を責める。やってられない……。

私、夫と老後をともにしていたら、きっとこういう生活だっただろうなと恐怖を覚えます。決して歳とともに丸くなるような人ではなかった。妄想するだけでどんよりします。本当によかった、脱出して。

世界を変えること

人は、自分自身の世界は変えることができるけれど、他人の世界を変えることはできないと思っています。自分自身の世界を変えることは、とてもエネルギーや勇気、気力が必要です。しかも、かなりの覚悟がいるし、何度も心折れそうになります。人は、いまのままでいることのほうが楽なのです。何かを手放さなければ、新しいものを手に入れることはできない。何かを手放すには、何かを壊さなければならない。

ただ、たくさんのものを手放して壊してきた私が言えることは、あのとき必要だったパワーの何倍ものパワーのある素晴らしい未来が待っていたということ。自分が想像していたよりも何倍も幸せな未来が待っていました。

自分の世界は、自分自身の覚悟さえあれば変えられる。他人の世界を変えることは、不可能。私は、結婚していたころは、ものすごく狭い世界で生きていたと思います。夫の住む世界は、ものすごく狭くて息苦しかった。でも彼がそれで満足ならば、私は何も言いません。人の世界を広げることはできないから。

人の人生にも、もう介入しない。私も介入されたくない。ただ唯一、その世界で、私も一緒に生きることはできないと思ったんです。巻き込まれるのはもうまっぴら。それは、夫のせいではない。私がその世界を飛び出す勇気がなかっただけなんです。できない言い訳を、人やモノのせいにはしません。自分に勇気がなかっただけ。長い25年だったけれど、私が自分だけの世界に飛び出す勇気を身につけるには25年必要だったんだと思います。だから、すべてに感謝しています。

いまの世界に甘んじるのか。もっと広い世界に飛び出すのか。それは個人の自由だし、誰からも強制されるものではないと思います。自分自身で決めることです。

私はこの広い世界に飛び出してよかったと心から思います。こんなにも世界は広くて明るかった。キラキラ輝いていた。生きるということは、こういうことかと初めて思えました。自分の世界を変えることも、変えないでいることも、それは個人の自由。どうすれば幸せでいられるのか、それを決めるのは自分自身。ほかの誰でもない。何でもない。できない理由なんか、もう探したくない。私は、自分の世界を、自分の力で変えたんです。

「話がある」って言われたら末期

私もよく夫に「話があるんだけど」と言う状況になったのですが、たぶん、正常な夫婦はこのような状況にはならないような気がします。なぜなら、普段からお互いのことをよくわかっているからです。話し合いの場を設けなくても、お互いのことは普段の会話から察しがつくと思います。

だけど私たち夫婦は、普段まともに会話をしていなかった（会話ではなく、夫が一方的に自慢話や趣味の話を長々とし続けるのを聞いていただけ）ので、たまりかねて私が「話があるんだけど」と言う。だから、話があるのは一方的に私だけで、夫は特に何もないのです。いつも好き勝手しゃべり倒しているから。

それで、いざ話し合いの場を設けても、まともに聞いてくれないので、消化不良のまま終わる。何も解決しない。この無限ループです。こんなループを繰り返していても、私の抱えた問題は何一つ解決していないので、そのうち爆発する。そして大きな争いになる。

夫婦って、ただ同居している他人なのではなく、お互いに相手を知ろうと努力し、会話もし、相手の気持ちを察する気遣いを持って当たり前です。例えば、奥さんが「またこんなところに靴下脱ぎっぱなしにして！」と言ったとして、果たしてそれは本当に靴下のことを怒っているのだろうか。でも、察しの悪い夫は「いちいちうるさいんだよ！　そんなもん拾ってくれればいいだろ！　こっちは仕事で疲れているんだ！」なんて言う。

これではきっと、そのうち離婚です。これは靴下の問題ではない。なんで奥さんが靴下ごときで怒るのか、その原因は何だと思いますか？

夫が普段から優しくて、気遣いのある人で、思いやりがあったら、靴下ごときで怒らないんですよ。笑顔で「仕方ないわね」と言って拾います。妻が怒る原因は、もしかしたら自分の気遣いのなさかもしれないと気づける男性が、この世に何人いるでしょう？　いないから、世の中にはこんなに離婚が増えているんです。3組に1組が離婚しているんです。したくてもできない人を含めたら、健全な夫婦なんか3分の1ぐらいだと私は踏んでいます。

私が求めていたのは、それほど大したものじゃない。ほんの些細な変化に気づける優しさだったり、優しい声掛けだったり。たった一言、大変だったね、お疲れさまの一言があれば救われる。特別な何かなんて望んでいない。日々の気遣い、優しさ。私は一方的に求めたわけではない。私は聞いていたよ？　気遣いもしていた。疲れているかもと、話しかけるのをやめたし、今日はそっとしておこうとも思った。何でも察して気遣った。

でもそれは、一方的では成り立たないんだよ。夫婦は一方的では壊れる。どちらかが与えるだけでは壊れてしまう。そんなことも気がつかない男性が多過ぎる。妻の機嫌が悪いのは、あなたの些細な気遣いがないからだとなぜ気がつかないんだろう。妻は奴隷じゃないし、召使いでもない。

この世には、目に見えない、口に出さないことのほうが多い。その奥に隠れた真実を見極められない人間は、そのうち捨てられる。パートナーからだけじゃなく、世の中からも。それに気づいたときにはもう手遅れ。まぁ、気がつかないだろうけどね。世の気がつけずに死んでいく。世の中に不満を言いながら。哀れだよなぁ。そんな人、多いなぁって思う。かわいそうに。

「話があるんだけど」って言われる前に気づける夫婦でありたいものですね。

働くことを許さない男

夫に働くことを許してもらえない妻がいるのは、よく聞く話。それでも、家計を任せてもらえているならまだマシ。中には、働くことも許されず、定額の生活費を渡される人もいて、それが足りないと嘆く。なぜなのか、不思議でならない。

大富豪で、働く必要がないならわかる。だけど、一馬力では家計が苦しいのに、奥さんが働くことを認めない夫。こんなの経済的DVなんじゃないの？　と、私は思う。夫婦ならば、人間ならば、どちらかが苦しんでいる状態にあることは不自然です。こんな手足をもがれたような生活、果たして正常なのか。

ウチは幸い、私が働くことについて夫は何も言いませんでした。おそらく、義母がずっと働いていたことも関係があるのかもしれません。家計も私が管理していました（夫は先の見通しが立てられないので、家計の管理などできないでしょう）。そのウチでさえ、夫の無駄遣いにはほとほと困り果てていたのに、家計も管理できず、働くことすら許されない奥さんって……。

だいたい、働くことって、許してもらわなければできないことなのでしょうか？　働ける環境ならば、働いていたほうがのちのちいろんな面で楽なのに。お金がすべてではないけれど、お金がなくては子育ても自己投資もできない。逃げる準備も。

これは私の勝手な憶測ですが、働くことを許さない夫って、単に奥さんを支配したいだけなんじゃないんでしょうか。奥さんから自由を奪って、言うことを聞かせる。優位に立つ。悪いけど、それにすごすご従っている奥さんもどうかと思います。もっと自己主張してもいいと思う。家にいたいなら別だけど、家計が苦しいことにストレスを感じるくらいなら、働いたほうがずいぶん気が楽になれます。

もしかして、夫の勝手な言い分として、家事が疎かになるなどと言うのでしょうか？　いやいや、なんで女だけが家事をやるっていう前提？　手が空いているほうがやればよくない？　根本的な考え方自体、間違っているんですよ。共働きで、家事も育児も分担してやれば、何の問題もない。

日本はともかく男尊女卑で、いまだに女をバカにしている男が多いと感じるけれど、それに甘んじている女性も多い。女は男にはかなわないからね、なんて。私はそうは思わないから、まったく。身体的な違い以外に、男女に優劣なんかない。だから私は離婚を選んだのかもしれないけれど、私はもっと女性も強くなっていいと思います。古代の狩猟時代じゃないんだから、女性にだって選択肢はたくさんある。力だけが強さの象徴だった時代なんか、とっくに終わった。男に自由を奪われる生き方なんておかしいと思う。

ウチがたまたま働くことを許さないなんていう夫じゃなかったから何とも思わなかったけれど、もし私がそんなことを言われていたとしたら「じゃあ、私が働かなくてもいいぐらい十分な生活費をください。これではまったく足りません。倍にしてください。できないと言うなら、私が働きます。それと、ウチの預貯金をすべて教えてください。これだけ生活費をケチっているんだから、相当貯まっているはずですよね？　収支をすべて明確にしてください」と言ったでしょう。

もし夫も同じく、家族のことを思って倹約しているならお互いさまだけど、自分だけ好き勝手にお金を使っているなら、それは不公平です。自分が働いているから、自分だけ自由にお金を使ってもいいなんて大きな間違い。婚姻費用は、夫婦で分担すると法律でも定められているのです。

だいたい、お金が足りないのは、夫が働くなと言ったからでしょう？　もっと考えて、賢く生きていかないと、夫にうまく使われて一生終わってしまう。結婚したとたん、夫に全権を預けてしまうのは本当に危険。もっと自分の人生に責任を持たないと。すべては自己責任。いま、苦しいのは、もとはと言えば自分がそう選択したからで、誰の責任でもない。

結婚は、最初が肝心だと言うように、最初に夫に「これが当たり前」という基準を教えておかないと、のちのち大変な目に遭います。私は途中でそのことに気づいたから修正してきたし、修正したからこそ、いま自由になれたんだと思います。

もしいまから結婚しようとしている人がいたら、最初に夫婦の決まり事を決めておいてほしいと思います。夫婦だからといって、考え方の基準が違うことだって十分あり得るから。むしろ、その確率のほうが高いのだから。こちらが当たり前だと思っていることも、あちらには非常識だと思われることも多々あります。それを早いうちに確認しておくべき。それをしてこなかった私からの、せめてものお願いです。

それを結婚前に気がつく人はまだ少ない。相手の姿かたちだけではなく、相手の常識の基準を探り出すほうが、ずいぶん難しいし大事なことだと思います。

子育てが辛いんじゃない

育児中の皆さま、毎日お疲れさまです。

24時間四六時中、お子さんと一緒の生活。大変ですよね。子どもは可愛いけど、少しは休みたいし、一人になりたい。でも、たまに一人で買い物に出ても、まったく楽しくない。自分が何をしたいのかもわからなくなってしまった。かつての私もそうでした。この間、Ｔｗｉｔｔｅｒにそんな書き込みをしている人がいました。昔の私と同じように。最後に「仕事と育児で擦り切れてしまった。こんなふうにならないでね」と。

いまだから言えますが、それは子育てが大変なんじゃないんです、本当はね。育児にも仕事にも共感も理解もない誰かのせいではないですか？　本来は、子育ては楽しくて笑顔が絶えないモノなんです。夫婦で楽しく休日を過ごせる。家族との楽しい時間。青空の下、家族でお弁当を囲み、子どもの成長を見守る。こんな家族なら仕事と育児に擦り切れるなんてことはないのです。そのうちイライラして子どもに当たるようになる。そうならないでくださいね。子どもは何も悪くないから。子どものせいじゃない。見直すべきは、夫婦関係なんです。

障害の有無は関係なく人の尊厳を守る姿勢は持つべき

先日、元警察官が書かれた発達障害者との共存についての本を読みました。その中で「彼らに知っておいてほしいことは、何をすればおまわりさんに捕まるかを知らせることだ」という記述がありました。つまり彼らに「やってはいけないこと」を教えることが大事だということです。

私からすれば常識だと思うことも、発達障害者もしくはその傾向のある人には常識ではない。だから、日本に生きるのであれば、何をすれば日本の法律に触れ、逮捕されるのか、きちんと指導することが大事だと。

それは家庭内でも同じことで、例えば妻に暴言を吐いたりストーカー行為を働いたり、経済的なＤＶを働くことは、家族であっても許されないことであると知らせる。もちろん、暴力など論外。

とかく日本では、障害があるからできなくても仕方ないと思われがちだけれど、そうではなくて、障害があっても人の尊厳を守る姿勢は持っていなければならない。『自閉っ子のための道徳入門』という本も出ているそうです。

障害の有無は関係なく、人としてやっていいこととダメなことの区別を持っていなければならない。私もここのところは大変共感し、その通りだと思うのです。

「障害の有無は関係なく、人の尊厳を守る姿勢は持つべき」

「発達障害だから」許されるのでもなく「障害がない」から我慢するのでもない。そのところをしっかり確認して、心に留めておく必要があると思います。私たちが必要以上に我慢する必要はないんです。相手に障害があろうとなかろうとです。

怒りの感情

最近、私は怒るということがなくなりました。怒りの感情を忘れました。結婚していたころは、本当によく怒っていました。子どもにも夫にもめちゃくちゃ腹が立って。私って、こんなに怒れるんだと思ったものです。

でもいまは、腹が立つということがなくなりました。「なんだ、あの人」と思うことはあるけれど、ただ残念な人だなぁ、面白くない人生なんだろうなと思う程度で、別に腹は立ちません。私に関係ないから。要するに、怒ったところで何も解決しないとわかったのです。

怒りはただの感情で、それを誰かにぶつけたところで、事態は好転しない、絶対に。怒りは、相手に恐怖を与えるだけ。信用をなくすだけ。よく怒りで人を支配している人がいますが、あんなの怖いから従っているだけで、根本は何も解決していない。だったら、怒っても仕方がない。怒りのエネルギーはかなり強いから、怒った後はいつも頭に血が上っている。無駄なエネルギーを消費します。

そんな簡単なことについ最近気がついて、怒る気がしなくなりました。誰かが心ないことを言ったり、残念な発言をしても、私には関係ないからもう怒らない。そういう人なんだなぁと思うだけ。その発言は、私の人生に何の影響もないから、だから受け取らなければいいだけ。そんな発言、勝手に言ってりゃいい。逆にクスッと笑える。

怒りは自分にとってはマイナスな行為だとわかったんです。血圧も上がるし、みっともない。しかも信用も失う。怒っている人を見ると、以前の自分を思い出して、何だか辛くなります。怒りは何も生み出さない。

私が離婚を決めた理由は

私は結婚してから、良くも悪くも家族のために生きてきました。それを自分がやりたいからやっていれば、あれほどのストレスを抱えることもなかったのだろうと思います。でも、どこかで「○○のために」やっていることであり、自分が好きでやっていることではなく、それが相手に受け取ってもらえないと「○○のせいで」になってしまう。夫のせいで○○できない、子どものせいで○○できないと。

夫も私も、相手に感謝はなかった。それは私も自覚しています。お互いさまです。

私はそういう関係が嫌で別れました。どうせ夫婦でいるなら、感謝し合える関係でいたい。お互いがいてよかったと思える関係でいたい。尊敬できる部分があるからこそ、一緒にいられるのではないでしょうか。

夫は私のしたことをまったく受け取ってはくれませんでした。完全に一方通行でした。これではエネルギーが奪われるばかりです。私の周りには、私のしたことを喜んで受け取ってくれる人がたくさんいます。私は、そういう人とだけ関わっていきたいと思いました。

それでもどうにかして、そんな夫とともに生きていきたいと思っていたら、どうにか工夫して努力したと思いますが、私はその必要性をまったく感じませんでした。たぶん、夫を愛しているという感情がまったくなくなったんだと思います。愛情がなくなると、一刻も早く離れたくなるものですね。この人といる時間は無駄だとしか思えなくなりました。

その人と一緒にいる時間が無駄でしかないと思うなら、一刻も早く離れたほうがいいと思います。時間は有限です。明日、どうなっているかもわからない。どうか、後悔のない人生を生きてください。

世代別に、今後の生き方を考えてみてください

私は離婚して約1年8ヵ月が経ちました。離婚したのは51歳のときです。仕事を持っており、下の娘が18歳でした。たぶん、このタイミングが私にとってベストだっ

たのだろうと、いまは思います。

カサンドラからの脱出方法は、年代によってまったく違ってくると思います。結婚前のカップル（結婚はしないほうがいいと、私は思います）、新婚の夫婦、子どもが小さい夫婦、子どもがいない夫婦、子どもがそろそろ家を出る夫婦、老後、二人になった夫婦。どの段階で自分がカサンドラ状態だと気づくかによって、対策がまったく違ってくるでしょう。

人によって生きる環境が違います。だからこそ、カサンドラ問題は難しい。ですから、いまできることは、自分たち家族にとってどうすることが最善かということを毎日考えることです。どうなりたいのかを真剣に考えること。

パートナーの言動や考え方をじっと観察し、今後の周りの状況もある程度予測し、お金の面や子どものこと、親族のことを、毎日真剣に分析する。ぼ〜っと流されているることが、一番時間の無駄です。いまのまま我慢するのか、それとも抜け出すのか。抜け出したとき、起こるであろう事態は何か。あらゆることを真剣に考えてください。そして分析してください。私たちが行動しなければ、事態は何も変化しません。ときには思い切ることも大事になってきます。守ってばかりいては、先には進めません。

私がカサンドラに気づいたときから離婚まで10ヵ月。これが早いのか遅いのかはわかりません。だけど、あれ以上ぼ〜っとしていたら離れるきっかけを失っていたと思います。最初で最後の、離れるべきベストなタイミングだったと思います。

人生、遅すぎるということはありません。やろうと思えば、いつからでも何でも始められるし動けます。もちろん、やらなくてもいい。いまのままでもいい。

今後、家族で乗り越えるべき問題がまだまだたくさん出てくると思います。そのときによく考えてみる。あなたはこの先もそのパートナーと生涯暮らしていけますか？この機会に、自分の人生をもう一度真剣に考えてください。なんとなく生きていたら、人生なんてあっという間に終わってしまいます。

どうすれば自分が幸せだと思えるのかは、自分にしかわからない。だから、最終的には自分が選択するしかない。自分で選べるうちに、自分で考えてください。時間が経てば経つほど、腰は重くなって動けなくなる。選択肢が少なくなる。自分で動かせるうちに、自分の人生を動かしてほしい。そう思います。

「別れ」で得たもの

私は、離婚してやっと本当の自分に戻れた気がしました。やっと自由を手に入れた、やっと解放された、そう思いました。

別れる前の私は「恐れ」「不安」、こういうものが強かったように思います。そのために、一歩前に進むことができなかった。いままで経験のないことだから、仕方がないですよね。

皆さんは「別れ」を後ろ向きな選択だと思いますか？　「別れ」によって、事態は現状よりも確実に悪化すると思いますか？　それは単なる思い込みです。

私が離婚して1年8ヵ月、別れによってもたらされたマイナスの要素は皆無です。

逆に別れによって得たものを挙げてみますね。

- 自由
- 生きる喜び
- 時間
- お金
- 笑顔
- 娘たちの信頼
- 周りの人たちの協力
- やりたかった仕事
- 周りの人たちとの壁がなくなった

どう思いますか？　これが真実です。

いまが最悪だと思うなら、失うものは何もないと思うなら、思い切って一歩踏み出すこともまた勇気。そこから開ける扉もある。私はそう思います。

いま、自分にできることをやる

私も25年も結婚生活を経験し、その間、いろんなことがあり、離れようとしたこともあったり、でもやっぱり私が我慢して、このまま平穏に過ごしたほうがいいと思ったり。本当にいろんな葛藤がある中で、自分にとって何がベストなのか、子どもにとって一番幸せな選択肢は何か、そんなことを必死で探っていました。日々、何もできない自分にいら立ったり、情けなくなったり、辛かったり、いろんな感情を抱えながら、生きてきました。

そんなときは、ただそのとき自分にできることをやる。目の前の、いま自分にできるベストを尽くす。事態は前に進んでいないような気がしても、毎日、自分ができる精一杯、力を尽くす。子育てや仕事、いま、自分にできる、やるべきことをこなす。

相手を変えようと無理をしたり、相手の言動にやたらと反応してストレスをためない。人は、本人が自覚して変えようとしない限り変わらない。ただ、この先自分はどうなりたいかという目標を持っていることは大事だと思います。

人を変えようとするのではなく、自分はどうなりたいのか。どうしたいのかを考える。そうすればこの先自分はどう動いたらいいのかが見えてくる。そしてそのうち、周りの環境が変わったり、思わぬ助けがあったりして、事態が変わる可能性がありま す。そのときにチャンスを逃さないでください。決して希望を失わず、なりたい自分を思い描く。あきらめないでください。

私たちはまだまだこれからです。自分がカサンドラであると気づいたときから、私たちは少しずつ前進している。これは前に進むきっかけです。

私がいまのように幸せになれたのは、ここから這い上がりたい、このままではいたくない、ここから抜け出したいと強く願ったからです。そして、機会を見て行動した。それだけ。ただそれだけです。必ず幸せになれる。

私にとって過去の経験は、いまとなっては良い思い出です。いまの私があるのは、あの辛かった経験のおかげ。あのとき、あんな経験をしたからこそ、いまの幸せをありがたいと思えます。夫を含め、人生のすべてに感謝しかありません。だからこそ、私は皆さんが幸せになるお手伝いがしたいと思えました。みんな、抜け出せるんです。

私は、カサンドラの皆さんが、それぞれに心穏やかに過ごせる日が来ると信じています。いま、抱えている気持ち、違和感は決して無駄にはならない。この先へ進むための力になります。

同じ思いを抱えている人が、この世にはたくさんいる。同じ空の下、カサンドラたちは今日も力の限り生きています。私たちは一人じゃない。これからも前に。自分の人生を、希望に満ちたものにしてください。それができるのは自分自身だけだから。

私はいつでも皆さんを応援しています。自分を見失わず、自分を信じて、これからも前に進んでほしいと願っています。

カサンドラ症候群から抜け出すために大事なこと

ここまでカサンドラ症候群から抜け出すために、というよりも「自分の人生を取り戻す」、「人間らしく、自分らしく生きるため」の方法を、私の実体験を元に書いてきました。いろいろ提案してきましたので、内容があいまいになったり、忘れてしまっている内容もあるかと思います。ですので、ここで重要なポイントを中心にもう一度おさらいしておきます。

特に重要な点は3つです。

- 自分中心主義
- 被害感の克服
- 執着を捨てる

まず、一番重要なことは「パートナーとの距離」です。パートナーと近すぎて問題が生じていないか？　相手に執着していないか？　パートナーと心理的に距離を取りたいけれど現実問題として難しい状況なのか？　パートナーの振る舞いやあなたとパートナーの関係など、現状を理解しながら、ではあなたはどうしたいのかを主体的に自分に問いかけることです。どうなりたいのかをハッキリと思い描いてください。

まず自分を中心に考える『自分中心主義』でいきましょう。これは「自分を中心に考えて、自分の気持ちを察知して、自分がどうしたいのかを自分自身が表現すること」です。カサンドラにありがちな他人中心の考え方・生き方は、他人が考えていることを自分が勝手に推測して、自分の推測が正しいかどうかわからないのに、恐らくこう考えているだろうという思い込みで行動します。そうすると、「自分がどうしたいか」ではなく「他人はたぶん、こうしたいだろう」を優先する考え方・生き方になってしまう。

そうではなく、自分がどう思うのか、どうしたいのかをまず考え、実行する。それにはまず、いま自分がやっていることに自信を持ってください。家事でも子育てでも仕事でも、自分の信念に従って、自信を持って過ごしてください。カサンドラは優秀です。なんでもできる。非力で無力な人間ではありません。今日まで確かに、しっかりと人生を歩んできたはずです。誰かに言われたことを鵜呑みにしないでください。自分の想いに正直に生きてください。

そして次が『被害感を克服する』ことです。もう「私に落ち度がある」という考えは捨てましょう。この想いにとらわれると、カサンドラ症候群から脱却することは難しくなる一方です。また「私が至らないからだ」という気持ちも持たなくていい。夫婦はどちらか一方の努力で成り立つものではありません。お互いが支え合うものです。私たちが悪いのではない。他人の人生の責任までとることは誰にもできません。

人はそれぞれ価値観が違う。みんながおのおの「小さな社会」を持ち、その中で独自の価値観やルールを決めて生活しています。家庭もその一つにすぎず、そこで決められたルールが唯一絶対ではない。それはパートナーが勝手につくり上げた牢獄です。いまあなたが感じている孤独感や焦り、無力感がその証拠ではないでしょうか。

だからどうか早く、自分に合った心安らぐ「小さな社会」を見つけてください。いつまでもそんなところで我慢していないで、嫌なものはイヤ、やめてほしいことはやめてくれとハッキリ言いましょう。人間には、守られるべき尊厳があります。人はみんな平等なんです。それを理解できない相手なら、離れる道も考えましょう。

いまはパートナーに生活の舵取りをしてもらっていて、ある意味自分で決断せず他人任せなところがある。頼れる他人がいて、言われたことをやっているのは楽なんです。誰かのせいにして愚痴って。でも反面、決定権のない人生になります。自分の人生なのに、自分で何も決められない不自由さがある。

悪いのは私たちでも相手でもない。そう気がつくことが大事です。いつまでも「自分が至らないせいだ」とか「夫のせいで」などと思い続けているうちは、カサンドラは抜けられない。まずはこのハードル。これを越えていきましょう。自分の人生です。自分が決めたことを、責任を持って自分の力でやりましょう。自分の力で一歩前に進みましょう。

最後に『執着を捨てる』こと。

過去に執着するのはやめましょう。すべては自分の意識を変えることです。過去の事実は変わらないけれど、その解釈を変えることはできる。あなたが悪かったのではなく、あなた以外の誰かがそこにいても同じ状況になっていたのです。これは責任転嫁でもなんでもなく、事実を正しく認識しているにすぎないのです。

過去、相手に言われたこと、されたことにこだわるのはやめましょう。過去の出来事にいつまでも感情を残していると、いつまでも自分自身が苦しむことになります。もう終わったことです。

「仕方なかった」、「そういう人だった」、「かわいそうな人だった」、「私は何も間違っていなかった」。そうやって自分も相手も認めて納得できれば、そのとき感じた感情は過去に置いてきましょう。アルバムに写真を貼り付けるように、感情ごとそこに置いていきましょう。過去にとらわれることは、自分の未来をつぶすことです。トラウマは自分の執着がつくり出すものなのではないでしょうか。

変えられるのは未来だけ。ならば未来を変えましょうよ。未来はいま、この瞬間から変えられる。自分だけの力で。自分の思考と解釈を変え、今日から未来を変えていきましょう。

おわりに

私が歩んできた道のりをご覧いただき、また私がいかにして自分の人生を取り戻すことができたのかを共有させていただくことで、少しでも皆さんの歩む道を照らすことができればという思いで、今回この書籍の出版に至りました。

この結婚が失敗だったとか、パートナーが悪いと嘆くよりも、もう一度自分たちの関係性を見つめ直す機会を持つことが唯一私たちがいまできることです。

過去を悔やむ時間があるぐらいなら、いまこの瞬間から未来を見据えて行動するほうがずいぶん建設的な時間を過ごせると思います。

相手に自分の特性を自覚して家族に寄り添う気持ちがなく、この先も責任転嫁を続けるようならば、一生その人に逐一指導し続ける覚悟が必要です。自分の人生をかけて、パートナーと二人三脚で生きる覚悟です。それでも、大部分は報われないと思います。

それを理解し、認めた上で、これから自分がどう生きるべきか、果たしてこの人とこの先もともに生きるのか、それとも別の道を行くのかを決めるのは自分自身です。それにはまず、自分を取り戻すこと。一生誰かのためにだけ生きるのではなく、まずは自分の人生を自分のために歩けるようになることが最初の一歩です。

悩めるカサンドラは、いまの自分や家族を守ることも大事な役目。本当はいますぐ何もかも放り出して逃げたい。何も考えたくない、もう何もかも嫌だ。これが本音なのではないでしょうか？　いますぐそれができないからこそ悩む。自分がこの場からいなくなれば、子どもたちが生きていけない。職場や周りにも迷惑がかかる。そんな真面目で優しいカサンドラだからこそ、いま悩んでいる。苦しんでいる。

そんなご自分に、どうか優しくしてあげてください。ずいぶん頑張っていると思います。無理もしていると思う。そう気がつくことだけでも、自分自身にとっては救いになると思います。逃げ出したいと思う自分はダメな人間じゃない。当たり前。そういう自分を受け入れてあげられるのもまた自分だけ。

ゆっくりでいいから前に進もう。たまには立ち止まりながら、休みながら。私たちはみんな愛されるべき人間です。一人一人が尊い存在です。生きているだけで、誰かの支えになっている。そんな、大事な存在です。

自分がカサンドラだと気づいたいまから、私たちは自分を変えていける。不自由さを感じるからこそ自由を求めることができる。違和感を抱いたからこそ、前に進める力が湧いてくる。不快を感じるということは、そこから抜け出せるチャンスをつかんだということなのだから。このチャンスを活かそう。そして、自分にとって最高の生き方を見つけましょう。

私にとって、元夫と結婚したことも離婚したことも、いまとなってはかけがえのない良い思い出です。婚姻期間中には良いこともあったんです。渦中にいるときは現実が厳しすぎてそんなふうに感じる余裕はなかったですが、離婚して初めて、彼と結婚できたこと、そこで自分が経験したことに感謝できる気持ちになれました。離婚していなければ感じられなかったであろう感覚です。

結婚しなければ、離婚しなければ見えなかった景色がたくさんある。正直、私は離婚で失ったものなど一つもありません。だからこそ、いまは元夫に対して私と結婚してくれてありがとうと言えます。

人生って面白い。だから、やめられない。今後も、もっともっと人生を楽しむし、きっともっとずっと楽しいことがある。そんな予感がしています。

〈著者紹介〉

Happy Navigator 那美（ハッピーナビゲーター なみ）

2018 年 2 月、自分がカサンドラ症候群であると気づく。

そこから這い上がるため、考え方・行動を 180 度転換。それから約 10ヵ月後（結婚 25 年）、離婚。

2019 年から、「Happy Navigator 那美」としてアメブロでブログ執筆を開始。

自分と同じ経験をされている方たちの力になりたいと思うようになる。

現在、姫路で「カフェ縁（eni）」のオーナーをしながら、カサンドラ症候群の方のための交流会等を開催。

「一度しかない人生、思うように生きてみましょう！」と、ブログからもカサンドラ症候群の方々を応援するメッセージを贈り続けている。

娘の書いたイラスト

カサンドラ症候群《しょうこうぐん》からの脱却《だっきゃく》
自分《じぶん》の人生《じんせい》を生《い》きるために

2021年6月29日　第1刷発行

著　者　Happy Navigator 那美
発行人　久保田貴幸

発行元　株式会社 幻冬舎メディアコンサルティング
〒151-0051　東京都渋谷区千駄ヶ谷4-9-7
電話　03-5411-6440(編集)

発売元　株式会社 幻冬舎
〒151-0051　東京都渋谷区千駄ヶ谷4-9-7
電話　03-5411-6222(営業)

印刷・製本　シナジーコミュニケーションズ株式会社

装　丁　立石 愛

検印廃止

Printed in Japan
ISBN 978-4-344-93486-3 C0095
幻冬舎メディアコンサルティング HP
http://www.gentosha-mc.com/